Helena Faye, Lilyana Ravenheart,
Skadi Lange und Sarah Skitschak

Julzauber – Anthologie nordischer
Phantastik-Autoren zum Julfest 2019

Impressum

„Winterjagd" und „Sífs Julschinken"

Copyright © 2019 by Sarah Skitschak
FMBW Weltentod-Saga
Sarah Skitschak, Schmale Gasse 2, 09648 Mittweida
Lektorat „Winterjagd": Stephanie Kempin

„Schneefeuergold" und „Zwischen Jul und Weihnachten"

Copyright © 2019 by Helena Faye
Eileen Kuhrmann, Steinstraße 83, 45968 Gladbeck
Lektorat: Sarah Skitschak

„Jul kommt zur Nordsee" und "Die Trollfamilie"

Copyright © 2019 by Skadi Lange
Skadi Lange, Oberer Lautrupweg 25, 24937 Flensburg
Lektorat: Eileen Kuhrmann, Sarah Skitschak

„Ein Wolf zum Julfest" und "Jul(klapp)"

Copyright © 2019 by Lilyana Ravenheart
Lilyana Ravenheart, Stettinerstr. 22, 24537 Neumünster
Lektorat: Stefanie Zainer

Buchgestaltung: Sarah Skitschak
Umschlaggestaltung: Sarah Skitschak

Herstellung und Verlag: BoD – Books on Demand, Norderstedt

ISBN: 9783750408197

VORWORT

HELENA FAYE
& SARAH SKITSCHAK

Wenn der Schleier zwischen den Welten besonders dünn erscheint ...

Wenn die Wintersonnenwende unsere Lebensfackeln neu entzündet ...

... dann ist der Zauber von Jul spürbar.

Liebe Freunde der nordischen Mythologie und fantastischer Abenteuer,

Liebe Wortwanderer, Zeilenzähmer und Weltenentdecker,

Tapferes Leservolk!

Die lange Dunkelheit der kalten Tage zieht mit der Wintersonnenwende vorüber, führt die Herzen der Menschen enger zusammen und lässt uns besinnliche Abende verbringen. Schon unsere Vorfahren erkannten die Magie dieser Stunden und feierten in jenen Tagen ein besonderes Fest. Manch einer nennt es Jul, manch einer nennt es Weihnachten – wieder andere feiern die

Wiederkehr der Sonne mit anderen Bräuchen. Doch eines haben diese Feste alle gemein: Sie erzählen eine Geschichte.

Die Geschichte des Lebens.

Es ist die Geschichte langer Traditionen dieser Feierlichkeiten, die Geschichte eines Abends, der niemals derselbe ist und sich doch wiederholt, ja, zeitgleich die Geschichte, die wir alle als Leben schreiben.

Auch wir Autoren haben unsere Tintenkleckse auf das Pergament jener unendlichen Geschichte geschrieben und nun wollen wir sie mit euch teilen. Denn wie alle Geschichten leben auch diese Abenteuer und Legenden davon, unter Menschen und Freunden erzählt zu werden.

In dieser Anthologie nehmen wir euch mit auf eine spannende Reise und entführen euch in magische Welten voller Liebe, Freundschaft und Traditionen.

Begegnet gemeinsam mit dem jungen Frey in den winterlichen Wäldern Thrymheims dem prachtvollen Hirsch Kaldgrani, rettet mit der Lichtelfe Tia die Dunkelheit vor ihrer endgültigen Auslöschung, steht Kaarina und Zebe bei ihrem ersten Kennenlernen zur Seite und lernt mit Gideon und Adrian die Hintergründe des Julfestes kennen.

Vier Texte über Rituale zur Wintersonnenwende geben euch zusätzlich einen Einblick in den heidnischen Ursprung von Weihnachten.

Lehnt euch zurück, greift zu Tee und Keksen, entspannt euch und erlebt mit uns zusammen …

Den Zauber von Jul!

~Helena Faye und Sarah Skitschak

»Unter jedem seiner eisigen
Hufe begann das Land im Schnee zu
vergehen, während seine Tränen im
Atemfrost seiner magischen Macht
erstarrten und eine Spur aus Eisperlen
hinter ihm formten.
Jede Welt, die er aufsuchte,
verging im Eishauch
des Winters.«

Im Reich Ásgard steht das Julfest ins Haus und Freys Familie plant gemeinsam mit Síf ein gemütliches Fest. Doch der Abend soll bald von düsteren Gestalten aus alten Geschichten der Heimat Skadis in gänzlich andere Bahnen gelenkt werden.

Neun Hirsche tragen das Schicksal der Welten.

Doch was geschieht, wenn einer der Brüder seine angestammte Heimat verlässt?

Ohne Vorwarnung sieht sich der junge Frey mit dem Tod konfrontiert … und es stellt sich die Frage, ob die Grenze zwischen Dunkel und Licht womöglich nicht derart eindeutig ist, wie sie gemeinhin erscheint.

Eine Kurzgeschichte von Sarah Skitschak.
Enthält Charaktere der Weltentod-Saga.

WINTERJAGD

SARAH SKITSCHAK

Dunkel umgibt
die eherne Esche;
nachtblau erscheint
das schleierne Tor;
Balder zerbricht
das goldene Licht,
schickt seine Strahlen
gen Ásgard empor.

Sanft sickerten Stimmen durch die warme Luft vor dem Kamin, verkündeten mit getragenen Gesängen die Freude über das anstehende Fest und hüllten mich in den Schleier ihrer Vertrautheit ein. Die Waldhütte spannte zufrieden ihr schützendes Dach über unsere Häupter und knarzte im Wind den Takt jenes Winters.

Und Glanz erfüllt
die wackeren Herzen;
Liebe will schließen
das schleierne Tor;
und Skinfaxi fand
in Hrimfaxis Land
Heim seines Herren
und mächtiges Fort.

Die Frauenstimme erhob sich über die ihres Gatten, der nur mehr leise zu brummeln begann und den Text des asischen Julfestliedes längst zwischen den Zeilen verloren hatte. Ich spürte die erhitzten Bodendielen unter den Fellen und knautschte die Kissen, auf denen ich lag. Die Geborgenheit in all diesen verlorenen Dingen, die Intimität in den Stimmen der Eltern und die Wärme in den Gerüchen meiner liebsten Habseligkeiten, ließen mich schläfrig das Geschehen wahrnehmen.

Just in diesem Moment fühlte ich den Zauber von Jul.

Ich beobachtete meine Mutter bei der Zubereitung eines Julnachtstranks. Der schwere Duft von Zimt und Met haftete wie eine Klette an der Atmosphäre unserer kleinen Hütte bei Thrymheim und ließ mich in Erinnerungen an vergangene Julfeste schwelgen. Viele Winter zählte mein Leben in jenen Momenten noch nicht und ich vermochte weder die Schriften zu lesen noch sonst den Sinn jenes Fests zu verstehen, doch die Farbe der Freude, das Gefühl für die Nähe und die Tradition der Familie hatte ich bereits in meinem Herzen verankert. Es war der Tag, an dem wir uns nicht um Sorgen scherten. Der Tag, da nur die Gemeinschaft mehr zählte.

Der Gesang meiner Mutter wandelte sich bald in ein Summen, während sie meinem Vater wohlahnende Blicke zuwarf und sich mit dem textlosen Brummen auf eine Wellenlänge begab. Die harmonischen Klänge ließen meinen Brustkorb in der Magie ihrer Stimmen vibrieren, sodass sich mein Herz unwillkürlich mit ihrem Rhythmus verband. Wie durch Zauber verwoben schienen Seelen und Körper, wie durch Glück gebunden galten Geist und Herz.

»Würdest du mir den kleinen Lederbeutel aus der Truhe im Flur holen, Njörd?«, durchbrach meine Mutter schließlich den Gesang der beiden, als die Flüssigkeit im Kessel über dem Feuer zu kochen begann. »Dort müsste noch unser letzter Zimtvorrat sein.«

Das Lächeln der weißhaarigen Frau ließ die Sommersprossen auf ihren Zügen wie lebendige Wesen erscheinen, offenbarte den scharfzüngige Charakter der Dame und verlieh ihren eisblauen Augen ein spöttisches Funkeln.

Skadi blinzelte.

»Oder verzichtet der edle Herr aus Vanaheim heute auf körperliche Anstrengungen und lässt sein Weib aus Jötunnheim alle Vorbereitungen treffen? Du weißt, dass die Eisriesen nicht mit dem Alkohol sparen …«

Mein Vater schlich in einer eleganten Bewegung um meine Mutter herum und legte die Hand kaum merklich auf ihren Rücken, ehe er den Schalk zu erwidern gedachte. Njörd giggelte, als hegte er den besten Witz seiner vanischen Wurzeln. Das Gesicht des Mannes schob sich von hinten an Skadis Ohr und flüsterte die Antwort, die selbst ein Vane wie er sich nicht zu verkneifen vermochte.

»Und aus ebendiesem Grunde habe ich lieber ein Auge auf unsere Getränke, meine Liebe. Wer weiß, was du in der *Nacht der Liebe* sonst noch im Schilde führst – geschweige denn, welches Jotengift du in deinen Tränken und Träumen brodeln lässt, Riesin.«

Ein Topflappen traf den Vanen auf dem Fuße.

»Ach, scher dich doch weg!«, lachte meine Mutter und schüttelte das handgehäkelte Tuch verdächtig in Kopfhöhe ihres Gatten. »Was soll denn unser Sohn von mir denken?«

Der Blick des Vanen fiel unwillkürlich auf mich und seine Züge wurden weich, als er die offensichtlichen Fragen auf meiner Miene für sich deutete.

Gift? Aber Mutter braut doch kein Gift? Und was sollen diese Andeutungen über die Riesen und Vanen bedeuten?

Wir sind doch alle gleich. Das sind wir doch, oder?

Unter Njörds kurzem Kinnbart kräuselten sich die Grübchen seiner Erheiterung, formten Berge und Täler der augenscheinlichen Amüsanz und nahmen dem sonst kantigen Gesicht mit den streng zurückgebundenen Haaren die Schärfe der vanischen Tugend. Er lächelte mich an.

Ich lächelte zurück.

Weder hatte ich den Scherz meines Vaters verstanden – noch verstand ich in ebenjenen Augenblicken auch nur im Ansatz, weshalb meine Mutter glaubte, ich würde nun schlecht von ihr denken … aber ich lächelte und reckte meine Arme nach oben, um die frohen Gefühle des Vanenmannes gänzlich für mich beanspruchen zu können. Wie ein Mantel bedeckte mich nun ein Schwall seiner Liebe und ich selbst liebte die Glückseligkeit in seiner Brust.

Meine erwartende Haltung wurde mit einem weiteren Kichern quittiert, während mein Vater auf mich zuzuschreiten begann und im Schalk einen Finger der Ermahnung erhob.

»Dass du unserer Síf später bloß nicht erzählst, ich würde mich von einem Topflappen beeindrucken lassen. Deine Mutter ist eine gefährliche Frau, Frey«, sprach Njörd mit gespitzten Lippen und tippte mir mit dem Finger ungeschickt auf die Nase.

Das Schiefergrau seiner Augen blitzte im flackernden Licht der Flammen und tanzte im Schein der zahlreichen Kerzen, die in der Hütte am frühen Julmorgen aufgestellt worden waren. Eine ganze Weile lang erwiderte ich die Intensität seines Blickes, ohne selbst für mich einen Gedanken fassen zu können – dann die Erkenntnis:

»Síf kommt uns besuchen?!«, purzelte der fröhliche Ausruf aus meinem Munde.

Viel zu schnell sackten meine Hände aus der angedeuteten Umarmung zu Boden, wuselten sich in das dichte Schaffell zu meinen Füßen und kneteten ungeduldig die dichte Struktur, während mein gesamter Körper im Takt eines mir unbekannten Liedes zu schaukeln begann.

»Sie kommt, ja?«

Aufregung brauste durch mein Nervensystem, als würde ein gewaltiger Wintersturm in meinen Adern wüten und mein junges Gefühlsleben durcheinanderwirbeln.

Ja, ich liebte den Zauber von Jul!

Noch mehr liebte ich meine Tante Síf aus Valhöll, die zumeist am Hofe der Asen an ihre Pflichten als Gattin des

Königssohnes gebunden war … und uns zu meinem Unglück nur selten bei Thrymheim besuchte.

Ich liebte die Art, mit der sie den asischen Hof stets bedachte.

Ich liebte ihre Art, alle Regeln des Hofs zu verwerfen.

Regeln waren mir seit jeher ein Graus gewesen und meine selbsternannte Tante bot mir als Kriegerin Ásgards hierin ein hervorragendes Vorbild für Freiheit.

»Hätte ich bloß nichts gesagt«, scherzte Njörd theatralisch und strich sich den imaginären Schweiß von der Stirn, um schließlich in einer eleganten Bewegung zu mir auf den Boden zu sinken und mich dabei an den Schultern zu packen. »Frey, du zappelst.«

»Dann lass ihn zappeln«, rief Skadi hinter dem kochenden Kessel. »Es ist Jul. Da tanzen die Narren.«

Ich ignorierte gekonnt das Gewicht auf meinen Schultern, verlagerte mich wie aufs Stichwort zur Seite und wippte weiter auf meinen Knien über den Boden, als triebe mich ein niemals stockender Zauber. Skadis Anweisungen waren mir seit jeher die liebsten gewesen und wie sollte man seiner eigenen geliebten Mutter auch einen Wunsch abschlagen, den man ja selbst im Herzen hegte? Zudem noch einen, der den regelverliebten Vater aufzog?

»Regeln sind langweilige Konstrukte, die dem Erhalt der Gesellschaft dienen sollen und meines Erachtens die Asen und Vanen bloß dazu treiben, in ihrer Langeweile weitere Kriege zu führen«, argumentierte ich stolz mit den Historienstunden und verdrehte indessen den neu erworbenen Wortschatz, den mich mein Vater noch am Frühmorgen lehrte. »Aber … Vater … was sind eigentlich Narren und weshalb sagt Mutter, sie tanzen an Jul?«

»Offensichtlich bin ich einer«, grunzte Njörd beleidigt und vermochte in seiner Erkenntnis kaum, das schallende Gelächter meiner Mutter mit seinen Worten zu übertönen.

»Selbst schuld«, tönte ihr Spott hinter dem Feuer. »Du hast ihn diese Worte gelehrt.«

»Ich habe ihn nicht gelehrt, sie auf diese Weise zu verwenden!«

Das entsprach tatsächlich der Wahrheit, nur war ich seit jeher gewieft in meinen Argumentationen gewesen und hatte die Fähigkeit zur Diskussion höchstwahrscheinlich von meinem Vater geerbt. Sie war mir schlicht in die Wiege gelegt worden … und ich konnte nicht verstehen, weshalb dieser Umstand etwas Schlechtes verheißen, ja, weshalb mein Vater sich so in seine Reden hineinsteigern sollte, da ich doch *bloß* seine eigenen Worte verwandte. Ich – für meinen Teil – verspürte die größte Freude im Gespräch mit dem Vanen, der ja doch immer wieder über seine eigenen Regeln zu stolpern pflegte und mich daraufhin für meinen Witz im Geheimen verfluchte.

»Tanzt du mit mir?«

»Was?«

Die Miene des Vanen wandte sich abermals zu mir, als er meine Frage vernahm und deren Grundlage offenbar nicht verstand. Ich legte meine Arme um seinen Körper, scheiterte im lächerlichen Versuch, die Hände hinter dem Rücken zusammenzuführen, und presste mein Gesicht an seine lederne Rüstung, die in der Hitze des Feuers selbst die Temperatur der Flammen in sich zu tragen schien. Wie glühendes Eisen brannte das Leder auf meiner Haut, doch ich band mich mit unnachgiebigen Ketten an Njörd und suchte die Nähe hinter der Kleidung.

Lange sehnte ich mich nach dem Geräusch seines Herzschlags. Die Panzerung errichtete eine undurchdringliche Mauer zwischen unseren Körpern, sperrte mich vor eine eiserne Tür aus zwischenmenschlicher Distanz und ließ mich nicht hinter die Pforten blicken.

Oh, wie sehr ich diese Rüstung verabscheuen wollte! Wie sehr ich ihn an mich drücken wollte, ohne auf eine harte Mauer zu stoßen!

Mein Vater war ehemaliger Kommandant am Hof dieses Landes … und an Festen wie Jul hatte er im Zweifel der Gefahr in der goldenen Feste Valhöll seine Dienste zu leisten. Ein Umstand, dessen ich mir bereits in meinen ersten Jahren bewusst gewesen war.

»Ich hab dich lieb«, flüsterte ich, ohne an die Mauern zu denken.

Njörd schloss mich ebenfalls in seine Arme und drückte meinen kleinen Körper fester an sich, als wollte er mich mit seinen Soldatenkräften zerquetschen und auf diese Weise für sich vereinnahmen können. Er war ein Mann von drahtiger Statur und wahrlich kein Berg wie die Krieger der Asen – doch hinter dem kantigen Leib und den dürren Zügen in seiner Miene schlummerte eine Kraft, die für mich als unübertreffbar galt.

Er küsste mich auf die Stirn.

»Was ist los, Frey?«, fragte er und legte seine Züge in Falten der Besorgnis. »Bist du traurig?«

»Wenn an Jul die Narren tanzen und du einer bist – warum tanzen wir nicht?«

»Weil ich außerdem zwei linke Füße habe.«

Meine Augen nahmen die Größe von Wagenrädern, als ich mir sein Geständnis vor Augen führte und die unsäglichen Qualen seiner Füße in meinen Fantasien vorstellte. Die Schmerzen beim Aneinanderschlagen der Beine im Lauf oder die Schwierigkeiten beim bloßen Gehen … all die Dinge, die mir bisher nicht bewusst gewesen waren. Wie sollte man auch mit zwei linken Füßen leben? Welcher Schuhmacher fertigte ein solches Paar?

»Das tut mir sehr leid«, murmelte ich. »Das wusste ich gar nicht.«

Das Lachen meines Vaters hallte noch minutenlang durch die abendlichen Flure, als wir durch die Tür der Holzhütte ins Freie traten, und wurde selbst noch in jenen Momenten unterdrückt, da wir längst nach Tante Síf Ausschau hielten. Auf der Lichtung vor unserer gemütlichen Behausung war es bereits so dunkel geworden, als hätte die Julnacht mit ihren schneeschwangeren Wolken die Welt Ásgard mit ihrer Schwärze geküsst und jegliches Sternenlicht fortgenommen. Die Tannen zeichneten sich in dunkleren

Schatten vor dem Dunkel des Himmels der Lande Thrymheims und muteten indessen wie scharfe Scherenschnitte eines asischen Hofkünstlers bei Festivitäten an.

Sanfte Flocken trieben und trudelten durch die Kühle, zogen verspielte Kreise umeinander und schienen einen getragenen Reigen zu tanzen.

Da waren sie also, die Narren von Jul!

Die Schneeflocken tanzten im Narrenspiel um unsere Häupter und verwandelten meinen schmollenden Blick erneut in eine Miene, die von Aufregung über den Julzauber zeugte und das Herz in Frohmut zum Stolpern brachte. Vergessen waren die beleidigten Gedanken, die mir ob des Missverständnisses und des Gelächters gekommen waren.

Wir traten auf die unberührte Schneefläche hinaus und blickten suchend in die schlanken Schatten der Bäume der Thrymwälder, blickten umher, suchten im Süden und fanden doch keine Zeichen von Síf. Die Aufregung trieb mich zum Ungestüm, schickte mich im Lauf über das Herz der Lichtung vor unserer Hütte und ließ mich die schwebenden Schneeflocken jagen.

In meinen Augen fühlte ich den Glanz der Vorfreude. In meinen Füßen bald schon die Winterkälte.

»Sei vorsichtig, Frey!«, hörte ich Vater noch rufen, als ich mich in Richtung des Brunnens begab und zwischen den Schneehügeln nach den Eisbahnen suchte. »Es ist glatt dort hinten!«

Ich ignorierte den Ruf.

Ich schlidderte.

Dann spürte ich den Schnee im Gesicht.

Abertausende kleine Nadeln gruben sich kalt in meine Züge, ließen mich nur mit Mühe die Tränen halten und das Blut knallrot in meine Miene schießen. Verdutzt ob des plötzlichen Positionswechsels blieb ich eine Weile an Ort und Stelle, als hätte mich der Winter Ásgards zu einer Eisskulptur erstarren lassen und jeglicher meiner Regungen beraubt.

»Er hat dir gesagt, dass es hier glatt ist«, tönte eine rauchige Frauenstimme über der Schneedecke.

Síf?

Noch ehe ich eine zufriedenstellende Theorie in Gedanken zu finden vermochte, bohrte sich eine Hand von oben in meinen Mantel und befreite mich aus meiner misslichen Lage. Schon baumelte ich wie ein nasser Sack in den Armen einer kleinwüchsigen Dame aus Ásgard, deren blonde Locken unter einer Kapuze versteckt waren … doch deren Erscheinungsbild so unverwechselbar war wie die Farbe der Stimme: *einmalig, individuell* oder gar *spitzbübisch provozierend.*

Eine Stimme, die unter Tausenden ihresgleichen suchte.

Asengrüne Augen blitzten mir spöttisch entgegen und ließen kleine Fältchen über den Wimpern erscheinen, während ein süffisantes Lächeln den Mund umspielte.

»Hallo, Kleiner«, knarzte sie.

Die Kriegerin neigte den Kopf.

»Hallo, Síf!«, jauchzte ich und umarmte in meiner unglücklichen Position nur ihr Gesicht. »Hast du mir etwas mitgebracht?«

Meine goldenen Augen musterten die Dame von oben bis unten, versuchten die Reglosigkeit ihrer Lippen zu deuten und schlossen sich in Bedauern, als ich schon nicht mehr an ein Mitbringsel glaubte. Seit jeher hatte mir Síf Geschenke aus dem Königshaus mitgebracht und nicht ein einziges Mal meine Neugier enttäuscht. Nun … sollte es ausgerechnet an Jul so weit sein?

»Etwa nicht?« – Die Ernüchterung war unüberhörbar.

Der gütige Blick der Kriegerin Ásgards umspülte mich wie warmer Bienenhonig und hüllte mich in eine tröstende Decke des Mitleids, die mich in gewohnter Manier wie ein Mantel umschlang. Síf setzte mich in den Schnee und begann in scheinbarer Bestürzung der Erkenntnis die Taschen ihres Gewands zu durchwühlen, als hätte sie den Schlüssel zur Rüstkammer verlegt.

Ihr gespieltes Entsetzen verflog jedoch bald. Die nach oben wandernden Mundwinkel kräuselten die rotgefrorenen Backen.

»Du glaubst doch nicht, ich hätte dich tatsächlich vergessen, Frey, oder?«, lachte mir ihre Stimme entgegen. »Du kennst mich doch. Natürlich habe ich ein Geschenk für dich.«

Aus einem Fellbeutel an ihrem Waffengürtel zog die Frau ein sorgsam verschnürtes Päckchen aus Ahornblättern und legte es mir in die Hände, die sofort an der Verpackung herumzunesteln begannen. Die orangefarbene Färbung der Blätter hatte mein Interesse geweckt und ließ mich bereits beim ersten Besehen vermuten, dass es sich um eine eigens angefertigte Verpackung der Handwerker Nidavellirs handeln musste.

Wie Adern zogen sich die roten Gefäße des Baumes durch die fleischigen Blattfinger, wie ein Relief hoben und senkten sich die Strukturen auf dem Paket und ließen mich über die ungewöhnliche Formgebung staunen. Heller Blutahorn aus der Welt der Zwergenmänner … aus der Welt der Schmiede und Schmiedekünstler!

»Ist es ein Schwert?«, fragte ich. »Ist es ein Schwert? Bitte, sag mir, dass es ein Schwert ist!«

Die Asenfrau schmunzelte.

»Es wäre reichlich klein für ein Schwert, denkst du nicht?«

»Ein … Kinderschwert?«, tat ich meine sterbende Hoffnung kund und gab nichts auf taktvolles Lügenspiel.

»Mach es auf.«

Das Nicken der Frau aus den Mittellanden des Reiches drängte mich, doch die Fragerei für einen Moment einzustellen, endlich die letzten Blätter der Verpackung zu entfernen und den geschwungenen Gegenstand im Herzen des Pakets zu enthüllen.

In den Fingern des Ahorns lag es nun: Wie aus dem Licht der Sterne Alfheims geformt und den fähigsten Schmieden der Dvergar gefertigt, ergoss sich die Silhouette eines Messers zwischen den bunten Blättern, als hätte man das Metall unter Hitze verflüssigt. Die Kurven der Schneide zogen die Form derart sanft, dass man nicht an die kalte Härte einer Klinge zu glauben wagte und doch bei sanfter Berührung des Eisens die Materialbeständigkeit wahrnehmen sollte.

Scharf war die Schneide. Kunstvoll der hölzerne Griff.

Feuergeschwärzte Runen zierten das Material aus den Minen der Zwerge und schienen leise eine Zaubermelodie anzustimmen, deren Sprache mir unbekannt war. Ich fühlte das Vibrieren im Schaft jener Waffe – die unverfälschte Musik der Magie und den Puls der jahrhundertealten Erfahrung des Schmieds, der ebendieses Stück für mich angefertigt hatte.

»Das ist …«

Meine Augen leuchteten, als ich das Messer in den Händen wog.

»Das ist so wunderschön! Danke, Síf! Danke, danke, danke!«, japste ich glücklich.

»Es gefällt dir also, ja?«, knarzte die Asin augenzwinkernd. »Obwohl es kein Schwert ist.«

Ohne weitere Worte fiel ich der Frau um die Beine und drückte sie an mich, als könnte ich die letzten Luftmoleküle zwischen uns mit meiner eher mageren Kraft entschwinden lassen. Eine Hand an meinem Hinterkopf zupfte die Wollmütze wieder in Position, die sich in der Hast um ein Haar ebenfalls in den schmutzigen Schnee nahe des Brunnens begeben hätte … und deren Verlust mir Mutter Skadi ewig vorhalten würde.

Es war mir gleich.

Ein Gefühl der Wonne breitete sich in meiner Magengegend aus und füllte meine Adern mit dem flüssigen Gold der Glücksgefühle, die mir allein bei dem Gedanken an meine neueste Errungenschaft durch den Körper jagten.

Hei, das ist ein frohes Fest!

Hinter mir knirschten die Schritte des Vanen im Schnee und trugen seine Eile durch die Winterluft, während er den Gruß an meine Tante bereits im Näherkommen ausrief. Vor mir begannen sich die steifgefrorenen Beine der Dame zu regen und das Geräusch ihrer Stimme übertrug sich zwischen unseren Körpern wie ein Lied unter Wasser. Ich spürte die Wellen der Laute wie die Wellen der stürmischen See Vanaheims – als würde ich die Stimme mehr fühlen denn hören und die Umwelt mit der nächsten Bewegung der Dame hinter Sífs schweren Umhang zurückdrängen können.

Dumpf klangen die Worte. Doch die Freude klang hell.

»Freut mich, dich wiederzusehen, alter Freund«, scherzte Síf und gedachte in zunehmend verzweifelter werdenden Versuchen, die Klette an ihrem Bein mit den Händen zu lösen.

»Zeig deinem Vater, was du geschenkt bekommen hast, Frey«, ermutigte sie.

Dann wurde es hell.

Der Mantel hatte den Schnee für einen Moment abgedunkelt und ließ mich nun gegen eine weiße Kältefront blinzeln, aus der mir das Gesicht eines Vanen wie ein Unheil verkündender Schatten auf Höhe des Kopfes entgegenlinste. Aus der Nähe betrachtet mutete die Stirnfalte des Mannes viel größer an – so dachte ich heimlich bei mir und reckte meinem Vater das Messer entgegen.

»Das hast du bekommen?«, fragte er skeptisch.

Obgleich ich mich die geringe Distanz zu ignorieren bemühte: Sein Mund erinnerte plötzlich an die Lippen eines luftblubbernden Hechts an Land, während seine Stirn mir bisher unbekannte Wellenformen warf und sich in der Mitte zu einem schiefen Dach kräuselte. Das Gesicht erhob sich rasch in die Höhe und wandte sich Síf zu, die sich verstohlen auf die eigenen Lippen biss.

»Ist das ein Schnitzmesser, Síf?« – die ungläubige Frage.

»Überraschung!«, rumpelte es nur aus der Kehle der Asin.

Just in diesem Moment ahnte ich den drohenden Konflikt zwischen den beiden, der in den unterschiedlichen Ansichten ihrer Wurzeln begründet war und dem es meist schnell zu entgehen galt … wäre da nicht Sífs Hand an meinem Mantel gewesen.

»Du kannst ihm nicht einfach eine Waffe in die Hand drücken und glauben, es wäre ein Kinderspielzeug, Síf!«, polterte Njörd. »Der Krieg ist kein Spiel. Als ich in seinem Alter war, hatte man mich längst in der Schwertkunst ausgebildet und in die Straßenkriege zwischen Gullveig und den Demokraten geschickt.«

Sífs Hände stemmten sich sogleich in die Hüften, als sie den rüden Tonfall vernahm und sich in ihrer Position infrage gestellt sah. Ich duckte mich unter ihren Ellenbogen, klammerte mich an ihren Ärmel und harrte im Stillen auf eine Rettung durch Mutter.

»Und? Hast du dich versehentlich mit einem Langschwert aufgespießt?«, seufzte Síf sarkastisch.

»Nein? Natürlich nicht!«, rief Njörd da schon aus.

»Na siehst du. Zudem ist es nur ein Schnitzmesser und kein Langschwert, Vane.«

»Ein Messer ist eine Waffe.«

»Nornendreck noch eins! Bei Thrymheim gibt es weit gefährlichere Dinge als dieses kleine Messerchen. Ist es nicht besser, wenn er sich selbst verteidigen kann?«

»Ich dachte, es sei nur ein Schnitzmesser, Síf! Nein. Er bekommt eine Waffe, wenn er verstehen kann, was der Tod wirklich bedeutet. Ich verweigere es ihm weder aus Böswilligkeit noch, weil ich nicht an seinen korrekten

Umgang damit glauben würde. Er hilft bei der Jagd. Ich weiß, was er versteht. Und ich sage dir, ein Messer ist kein Spielzeug.«

Abermals neigte sich der Kopf des Mannes, während sich sein Körper in die Hocke begab und somit die fehlenden Meter zwischen uns überbrückte. Seine Augen verharrten auf der Höhe meiner Augen, seine Handfläche zeigte zum Himmel wie die sockelförmige Auflage eines Opferaltars und seine Gestik signalisierte mir, mein Geschenk in seine Hände zu legen.

Ich wollte das Schnitzmesser nicht wieder verlieren. Ich wollte es behalten. Kein schöneres hatte ich jemals gesehen.

Doch der Blick des alten Vanen war so unnachgiebig wie die Unumstößlichkeit des soeben genannten Todes, dessen Bedeutung ich vor Langem über seine Erzählungen verinnerlicht hatte.

Der Tod – ein steter Begleiter des Lebens – war uns ein gut bekannter Freund aus fernen Landen, der die Lebenden so manches Mal unangekündigt besuchte und meist einen der Ihren mit sich in die Ferne zu führen pflegte. Wer mit dem Tod ging, kehrte nicht wieder. Wer mit dem Tod ging, tafelte bei der Hel. Die Alten hatten viele Geschichten über seine Schatten geschrieben, viele Legenden aus Faltenmündern oder mit jungen Stimmen kundgetan und mir die Angst vor seinen Besuchen genommen; denn sonst wäre er ganz alleine dort draußen, der gute Freund, der einsame Tod.

Aber das Julfest mit seinen flackernden Feuernächten, den rauen Wintern und warmen Stuben der liebenden

Eltern – das Julfest war doch ein Fest der Freude und den Erzählungen nach auch ein Tag des Lebens!

»Frey, lass uns bitte heute nicht streiten. Du bekommst es wieder, das verspreche ich dir.«

Die Stimme meines Vaters riss mich aus den Gedanken.

Mit brennenden Augen und bebenden Händen hob ich den lieb gewonnenen Schatz in die Höhe, legte ihn schniefend auf die Handfläche des Vanen und blinzelte Tropfen der Trauer über die Wangen. Die salzigen Perlen bahnten sich einen Weg zu meinem Kinn und sammelten sich dort im Schal meiner Mutter, den sie mir trotz der unleugbaren Übergröße des Stoffes vor einem Jahr zu Jul vermacht hatte.

Einen kurzen Moment blickte ich Njörd still in die Augen.

Ich wusste um seine Sorgen und die Liebe zur Regel.

Ja, ich hätte in diesem Augenblick auch gehorcht …

… wäre da nicht sein eigener Blick weich geworden und der Fluch ob seiner eigenen Gefühlswelt in Form eines Brummens von innen gegen die Lippen des Mannes geprallt.

»Nun gut, eigentlich ist es kein großes Messer und du weißt ja, wie man den Griff richtig hält«, brummte er. »Gib gut darauf acht und hüte dich vor der Klinge. Das ist eine große Verantwortung, die Síf dir heute vermacht.«

Das Knistern des Feuers erfüllte die Luft in der Hütte mit dem Klang dieser Julnacht und jagte den Zauber Ásgards in britzelnden Blitzen über meinen Rücken, den ich noch immer fröstelnd den Flammen zugewandt hatte. Die nasse Kleidung hatte man längst gegen trockene eingetauscht, die Schuhe vor den Ofen auf ein Holzbrett gestellt und Mütze wie Schal direkt daneben auf einem Schemel platziert. Dennoch haderte mein kleiner Körper noch mit der Hitze des Hauses und schien wie eine Skulptur aus Eis bloß langsam an den prasselnden Lohen zu tauen.

Die Entspannung kam mit dem Bewusstsein: *Alles wie immer.*

Zimt und Nelken schwebten in geistergleichen Noten durch den Raum, als hätte man den Winter Ásgards in eine Wolke aus Düften gefasst und ebendiese Wolke über unseren Köpfen platziert, um uns in regelmäßigen Abständen mit ihrem magischen Aroma zu fesseln. Auch mich hatte der Duft des Winters im Griff und ließ mich die Diskussion um das Messer vollkommen hinter einen Schleier aus Metdüften drängen.

Eine Fessel aus Erinnerungen an die vergangenen Feste?

Nein, ich fühlte mich gern in der Freude gefangen und als Fessel empfand ich das Vergessen des Streits keineswegs.

Warum auch sollte man an traurige Dinge denken?

Man saß in einer gemütlichen Runde bei Tisch, erzählte Geschichten aus den fernen Reichen der Höll, erzählte und erzählte und erzählte weiter, sodass man am Ende der Erzählungen glaubte, die Alten seien nie getrennt voneinander gewesen und hätten jedes Detail der Geschichten mit eigenen Augen gesehen, jedes Scherzwort und jeden ernsten Vorfall bei den Toren der Höll mit eigenen Ohren vernommen. Njörd, Sîf und Skadi plauderten heiter, während ich bloß am Rande den politischen Ereignissen lauschte und mich stattdessen auf die zahlreichen Speisen auf dem Tisch fokussierte.

Die Familie war beisammen.

Das Julbord hatte begonnen.

Traditionell tafelte man im Hauptraum der Stube an einem schiefen Tisch aus Eschenholz, reichte den gewürzten Met in großen Bechern von Händen zu Händen und teilte sich mit den Frohgemütern Juls sowohl die Worte als auch den heiß geliebten Honigwein Skadis. Auf der Tischplatte türmten sich selbst gebackene Kräuterbrote wie skurrile Skulpturen oder gar Steinkunstwerke. Fremde Gewürze aus fernen Welten versetzten den Dampf der Teiglinge mit dem Geschmack der kreisenden Abenteuer, die jedes Jahr von Mund zu Mund getragen und so manches Mal von Njörd besungen wurden. Gesprungene Schüsseln mit Apfelkompott zeugten von der mangelnden Feinmotorik meiner Mutter, ließen Erinnerungen wie reale Dampfwolken aufsteigen und tauchten einige Blicke in die Farbe des Lächelns.

Wurst und Hering machten die Runde. Allerlei Gerüche zogen vorbei.

Doch ein jeder schielte zur Mitte des Tisches, auf der unser König des Julfestes thronte: Sîfs Julschinken lag auf einer gläsernen Platte zwischen Pflaumen, Rotkraut und Karamell-Zimt-Äpfeln, und mutete mit der goldgesprenkelten Salzkruste tatsächlich wie eine gekrönte Mahlzeit an.

»Darf man eigentlich fragen«, begann Skadi kauend, »wo du den diesjährigen Braten geklaut hast? Die Vorratskammern Valhölls dürften nach den Jahren der Plünderung durch deine Wenigkeit längst an ihre Grenzen gelangt sein, wenn mich die Erinnerung der letzten Jahre nicht trügt.«

Ihr eisblauer Blick bohrte sich in die Augen der Asin und blitzte spöttisch auf, als diese den scherzhaften Seitenhieb in Empörung vernahm.

»Ich habe nicht geklaut!«, behauptete sie wahrheitsgemäß. »Ich habe nur nicht gefragt. Das ist ein Unterschied.«

Das Entsetzen ihrer Stimmfarbe löste auch in mir eine Welle der Erheiterung aus und so begann ich zu kichern, noch ehe man mir die Ohren zuzuhalten vermochte. Ich sah die trockene Ernüchterung in der Miene des Vanen und prustete: »Danke für die Bestätigung, Síf!«

Wenngleich mir viele Andeutungen der Alten noch nichts sagen wollten, so hatte ich doch die List der Dame verstanden und erkannte meine eigenen Strategien darin. Womöglich war sie in meinen ersten Jahren sogar Lehrmeisterin und Vorbild in all diesen Dingen gewesen, denn meine Fähigkeiten im Drehen und Wenden der Regeln, im Biegen und Brechen – nun, die grenzten an Perfektion.

Wer bezeichnete es schon als Diebstahl, das Nehmen in eigenem Hause?

Im Hause der Höll galt Síf als Mitglied der königlichen und höchsten Familie des Asenvolkes, die in ihrer akademischen Versessenheit und ihren blaublütigen Theorien die Regeln und Rangfolgereihen derart hochschätzten, dass eine Bestrafung des eben genannten Verhaltens wohl dem Verhöhnen des asischen Codex gleichgekommen wäre.

»Hör da bloß nicht hin, mein Sohn«, mahnte Njörd nun beschwörend.

Seine Augenbrauen berührten sich indessen unter den Stirnrunzelfalten, während die Pupillen wie Splitter eines Quecksilberspiegels von unten aus dem Schatten linsten.

»Síf hat das niemals gesagt.«

Doch, das hatte sie. Und wie sie das hatte!

»Man biegt keine Regeln.«

Ha! Und ob man das tut!

Das verschwörerische Zwinkern der Damen des Hauses nahm wie die Kometen in Himmelsfallnächten auf eine beinahe unnatürlich hohe Anzahl zu, doch wurden die wohlmeinenden Aussagen des Vanen mit gestelltem Lächeln und Nicken bestätigt. Schlau genug war ich, die Lüge hinter den Fassaden vor dem Kinde zu sehen. Gewitzt genug war ich, mir meinen Teil stumm zu denken und Komplizen nur in den Reihen der Frauen zu suchen.

Wie von den Dielenkobolden des Hauses gezwickt erhob sich die kleine Asin von ihrem Platze, fischte nach einem Ausbeinmesser am Rande des Tisches und machte sich grinsend an ihrem Schinken zu schaffen. Scheibe um Scheibe schnitt die scharfe Klinge das saftige Fleisch auseinander und ließ kleine Wölkchen aus der Fettkruste steigen.

Von Gier, von Lust und purer Vorfreude getrieben, fixierte man nun das traditionelle Gericht aus Valhöll, fuhr sich ungeduldig über die Lippen und beobachtete das alljährliche Schauspiel mit Wonne.

Oh ja, ich liebte den Schinken an Jul!

Wenngleich die Kriegerin Síf niemals die Fähigkeit des Kochens erworben hatte, so war dies ein Gericht von ungewöhnlicher Klasse und führte stets zu Sehnsüchten nach diesem Gut – war zudem das einzige Gericht, welches die Dame beherrschte. Selbst Njörd, der nach vanischer Kochkunst auf eine fisch- und gemüselastige Küche baute und bitteren Geschmack den Süßspeisen vorzog … ja, selbst Njörd konnte am Julfest kaum an sich halten.

»Sag, Frey«, säuselte Síf schinkenschneidend, »hat dir dein lieber Vanenvater eigentlich von seiner Zeit in Valhöll erzählt? Einst hat er ebenfalls Regeln gebrochen, indem er sich mit deiner Mutter in die Hofküche schlich und dort aus den Regalen das Trockenfleisch stahl. Alles, um Skadis Lieblingswolf damit zu füttern und seiner Liebsten eine Geste guten Willens zu zeigen.«

»Ich habe keinen Brocken Fleisch angerührt!«, rechtfertigte sich der Mann viel zu rasch.

»Aber gedeckt hast du mich«, neckte Skadi. »Hattest Angst, dass dich die Köchin erschlägt.«

Nun war es an mir, über die frustrierten Züge des Vaters zu lachen und mir die Geschichte im Geist vorzustellen.

Njörd hat gelogen? Er kann gar nicht lügen!

Gedankenbilder schoben sich wolkengleich vor das Geschehen und malten mir in Fantasien die Höll mit ihren goldenen Gängen, den fantastischen Säulen und den versteinerten Mienen der Asensoldaten in den zwischen Säulen erbauten Nischen der Posten. Bei aller Gesetzestreue verharrten die Männer auf ihren Plätzen, während mein Vater im sichtlich nervösen Zustand eine diebische Eisriesin aus der Küche führte und in seiner Funktion als Kommandant der Vanen am Hofe den Frevel vor den Augen der Asen verbarg.

Niemals hätte ich ein solches von ihm erwartet! Niemals hätte ich ihm *mehr* zugetraut!

Durchaus erheiternd war der Gedanke, er hätte die Goldköpfe mit der Nase auf ein Verbrechen gestoßen … und diese erahnten die Tat trotz seines Unwohlseins im Konflikt mit den Regeln nicht einmal im Ansatz.

»Jedenfalls …«, hob der Vane hüstelnd an, »… jedenfalls ist das eine längere Geschichte mit vielen Ursachen, kausalen Zusammenhängen und Verwicklungen, von denen ihr alle nichts wisst. Diplomatisch gesprochen …«

»… würde ich doch behaupten, du hattest dich Hals über Kopf in eine dir anvertraute Kriegsgefangene Ásgards verliebt«, ergänzte Síf frech.

Ihr keckes Schmunzeln brachte jeglichen Wortschwall der Erklärungen und Rechtfertigungen rasch zum Erliegen. Wo die vanische Diplomatie wie Wasser im Wüstensand versiegte, wo Frechheit und Witz gegen Lüge obsiegten – da fanden wir plötzlich in eine Stille zwischen den Zeilen, die Njörd wider Erwarten ein Lächeln entlockte und ihm schneller als gewöhnlich die Schamesröte in die Gesichtszüge trieb.

»Die Liebe verleitet selbst die Weisen zu Torheit. Der Schinken, Síf. Denk an den Schinken.«

Síf schnitt den Schinken, Skadi lächelte wissend und an diesem Tage lernte ich: Ich mochte die Liebe.

Als Schinken und Äpfel Vergangenheit waren, als volle Bäuche und Zufriedenheit die Esslust ersetzten, die fremden Gewürze den Verstand nunmehr glücklich umspielten und die Zungen nach dem Schmaus ermüden wollten … als der Magen im Wohlsein gluckste, die Wärme die kaltgefrorenen Glieder erfüllte und die Herzen mit Glück umhüllt worden waren, da saß man noch lange am Tisch und genoss die Gesellschaft.

Mutters Hand streichelte mir hin und wieder den Kopf und ihr Blick suchte stets nach der Müdigkeit in meinen Augen, die sich nach dem Essen zu gerne zu meiner Neugier gesellte. Oft nannten mich die Alten einen Tagträumer oder Fantasten – doch die nächtlichen Träume zählten nicht zu meinen geschätzten Stunden, wollte ich doch keine Erzählung verpassen. Mal waren es auch Albträume, die mir den Schlaf verleideten. Meist überwog die Neugier des Tages.

Meine *Freundin* Müdigkeit mochte ich nicht gut leiden.

»Also gut, also gut!«, erhob schließlich Skadi die Stimme und stellte mir mit ihren Worten die heiß geliebte Julmär in Aussicht. »Frey wird sicher bald ins Reich der Träume gleiten und ich würde mir nie verzeihen, wenn er diese unerhörte Geschichte verpasst.«

Die letzte Erzählung der Julnachtfeier war mir immer die liebste gewesen. In den Stunden vor dem Einschlafen am Ende des Jultags erzählte die samtene Stimme der Eisriesenfrau jedes Jahr eine andere Geschichte aus ihrer ursprünglichen Heimat, verzauberte die Anwesenden mit urtümlichen Klängen und entführte in die Weiten eines fremdartigen Landes. Es waren Geschichten einer Welt, aus der meine Vorväter stammten. Geschichten einer mir noch so unbekannten Welt, deren Geheimnisse mich seit jeher zu fesseln vermochten.

Wie eine ursprüngliche Melodie des Weltenschlundes nahm der Klang der Erzählung eine atonale Tonfarbe an und verzauberte uns mit der Magie der Eisriesenlande – noch ehe wir uns in den Worten verloren, noch ehe wir uns fanden, noch ehe meine Mutter ihre Mär mit Jotendichtung begann.

»Einst war ein Herr
in jedem der Lande;
einst hob er Horn,
dass Leben dort lande.

Eikþyrnir hieß
Reich Ásgard sein Heim.

Kaldgrani ließ
den Winter hinein.

Neun Hirsche lebten.
Neun Jahrzeiten kenn ich.
Neun Welten weiß ich.
Neun Hörner erbebten.

Und jeder Hirsch
zu seiner Zeit
barg einen Schatz
uns zum Geleit.

Doch jeder Hirsch
in seinem Land
zog einsam stets
sein mächtig Band.

Neun Hirsche lebten.
Neun Jahrzeiten kenn ich.
Neun Welten weiß ich.
Neun Hörner erbebten.

Eikþyrnir hieß
Reich Ásgard sein Heim.

Kaldgrani ließ
das Jotland mit ein.

Zu einer von neun der Zeiten bloß
darf Winter wandeln in Weltenschoß.

Zu einer Zeit
in jedem der Lande
hebt er das Horn,
dass Leben dort lande.

Kommt näher, Freunde, und lauscht meinen Worten, denn ich will euch die Geschichte des Winters erzählen. Habt ihr jemals von der Entstehung der Jahreszeiten gehört und wisst ihr, weshalb ein Hirsch in Valhöll haust? Wohl wisst ihr, dass Odins großer Schatz im unterirdischen Wald der Höll ein magisches Wesen aus Urzeiten ist und wohl hört ihr Geschichten, er sei ein Richter, der den Tod über das Land Ásgard zu jagen vermag.

Als Kind erzählte man es mir wie folgt:

In jeder unserer neun Weltenreiche hauste am Anbeginn der Zeiten ein Hirsch. Dieser Hirsch war jedoch kein gewöhnlicher Hirsch. So hieß es über das Tier in jedem der Lande. Neun edle Tiere bargen die Macht des Urschlundes in sich und waren Manifestationen des ewigen Kreises; so hüteten sie denn das Leben im Anfang, das Leben im Werden und auch im Vergehen. Den Hirsch meiner Heimat nannte man stets den Kaldgrani, denn kalt waren Atem, sein Herz und die Hufe.

Dieser Hirsch Jötunnheims barg die Macht des Todes in sich, während andere wie Eikþyrnir aus Ásgard das Leben in allen Facetten verehrten und jeden Funken gleich einem kostbaren Schatz an sich banden. Kaldgrani aber regierte mit eisiger Faust und schritt als mächtigster Herr über die jotischen Weiten. Das ganze Jahr über fiel der Schnee von seinem Geweih, bedeckte das Land der Riesen mit Kälte

34

und ließ die Kinder in Demut vor seinen todbringenden Hufen erbeben. Weithin war der Winterhirsch von allen gefürchtet.

Aber: Kaldgrani wollte nicht gefürchtet werden.

Er wollte geliebt werden – wie die anderen Hirsche.

Ja, wie jeder der Hirsche auf allen der Welten fühlte der Kalte einen Stich der Einsamkeit in seinem Herzen und sehnte sich indessen nach der Nähe der Brüder, die in fernen Landen ihre Heimstätten hatten. Während die anderen Hirsche in ihrer Sehnsucht nach Nähe die Zuneigung der Weltenbewohner genossen, galt der alte Kaldgrani als Bringer des Todes und Trenner der Lieben durch die Schleier des Lebens.

So beschloss der Hirsch Jötunnheims auf Reisen zu gehen. Er wollte die lieben Brüder besuchen.

Kaldgrani verließ die jotischen Weiten und tauchte durch die Nebel zwischen den Welten, kletterte durch die Netze des Schicksals und bahnte sich seinen Weg in die anderen Welten. Unter jedem seiner eisigen Hufe begann das Land im Schnee zu vergehen, während seine Tränen im Atemfrost seiner magischen Macht erstarrten und eine Spur aus Eisperlen hinter ihm formten. Jede Welt, die er aufsuchte, verging im Eishauch des Winters.

In Jötunnheim aber, da schmolz der Schnee.

Die Riesen in den kalten Weiten begannen ein Fest des Lebens zu feiern und dankten dem Schicksal für das Fernbleiben des Winters, für die gütige Gabe des Herren Kaldgrani. Der Hirsch des Todes verharrte auf seiner Reise, hörte die Freude und das Johlen der Menschen, hörte ihr Lachen, hörte das rauschende Fest ... und seine Tränen versiegten für einen Moment.

So versank der Weise denn in seinen Gedanken, als hätte ihn die Fremde des Asenlandes einen Blick auf das eigene Wesen erhaschen lassen und ihm das Verständnis seines traurigen Daseins gewährt. Er machte sich auf zu seinem Bruder in Ásgard, ihm von den Begebenheiten in Jötunnheim zu erzählen.

»Was?! Du wagst es, dein Land zu verlassen?«, donnerte die Stimme des Eikþyrnir dem Kaldgrani entgegen. »Nun liegt das Jotenland ganz ohne Schnee und Ásgard versinkt in Winter und Tod. Wir sind alle einsam. Das ist unser Leid. Doch dies ist nicht dein Land …«

»Bróðir, es ist an der Zeit! Weshalb soll dein Land in Leben erblühen und meines an der elenden Macht vergehen? Weshalb sollen wir unseresgleichen meiden, wenn wir doch die Magie in die Welt tragen können? Wir können sie teilen! Wir können sie spalten! Ob Tod oder Leben – schicksalsergeben – das mögen die Nornen wohl für uns fügen. Doch sind wir Wesen von Geist und Herz, doch vermögen wir in unserer schöpfenden Kraft, das Rad in andere Bahnen zu lenken. Wir können die Welten zur Seite neigen und den Strom der Zeit auf die Lande verteilen, ohne die Achse des Schicksals zu brechen.«

So ersuchte Kaldgrani den Rat der Neun um ihre Meinung und schilderte den Lebenden seine Erkenntnis: Die Einsamkeit ihres Wesens sollte vergehen, da man fortan jedem Hirsch eine Zeit zu wandern versprach. Das Schicksal glich einer mächtigen Waage und verlebten sie alle die Tage gemeinsam, so würden die Welten unweigerlich ins Wanken geraten – doch wanderte jeweils einer der Brüder, vermochten acht das Gewicht der Macht noch zu tragen und die Waage gerade so in ihrem

Balanceakt zu halten. Der wandernde Bruder sollte die Harrenden suchen und sich in seiner Zeit auf dem Lande verbreiten, während die anderen stumm in ihren Behausungen ruhten und auf ihre Ablösung durch die eigene Jahreszeit hofften.

Keine der Welten sollte im ewigen Winter vergehen.

Keine der Welten sollte im stetigen Sommer verbleiben.

Fortan machten sich die Hirsche zu ihrer Zeit auf die Reise und erfüllten ihre Pflicht im Wechsel der Zeit. Kaldgrani zog in den letzten Tagen durch Ásgard und ließ unsere Welt unter seinen Hufen versterben. In der Julnacht reitet Odin dann auf seinem Ross Sleipnir durch die Wälder. Er folgt der Spur aus den gefrorenen Tränen, die Kaldgrani am letzten Tag über den Abschied vergießt, und jagt den Weißen aus seinem Land, auf dass er in den Norden Jötunnheims zurückkehre, auf dass er dort im nördlichsten Winkel des Landes den einzigen, ewigen Winter verlebe.

Dort wartet Kaldgrani auf den Besuch seines Bruders und schleckt in seinem Hunger den Reif der immergrünen Bäume, bis endlich der Jahrkreis die Stunde des Winterhirschs schlägt und der Kalte die Früchte des Herbsthirsches frisst. Dann aber kommt der Tod über die Welt. Der Jahreskreis beginnt erneu –.«

Die Erzählung meiner Mutter geriet abrupt ins Stocken und verlor sich zwischen meinen tränengetränkten Schluchzern. Angst heftete sich mit blanken Dornen an mein Herz, ließ das Organ im Schrecken wie einen wild gewordenen Hengst davon galoppieren und meine Augen in Panik zu faustgroßen Murmeln erstarren. Selten ließ mich eine Geschichte derartige Ängste verspüren – doch die Erzählung von magischen Mächten des Todes und Schicksalen, die ungefragt aus den Angeln brachen, von sterbenden Landen und auch von Welten, die womöglich ins Chaos stürzen könnten, sollte sich nur ein Hirsch zur falschen Zeit entscheiden … diese Mär peitschte Angst durch meine Adern wie der Wind die Wellen über Vanaheims See.

»Frey!«

Mutter hob mich rasch auf den Schoß und drückte sich mein verquollenes Gesicht an die Schulter.

»Was ist los?«, fragte sie. »Warum weinst du, mein Sohn?«

Ihre Hand strich mir in rhythmischen Bewegungen über das Haar, tröstete mich in meinen Gedanken und ließ mich die Schluchzer nun artikulieren:

»Das ist unheimlich! Ich will nicht, dass der Tod über unsere Waldhütte zieht und ich will auch nicht, dass die Hirsche über unsere Leben bestimmen und überhaupt … und überhaupt … ja, und überhaupt sollen sie nicht die Pflanzen töten oder Schicksale verändern, die den Nornen gehören. Kaldgrani ist ein grausames Tier. Sie sollten ihn wegsperren. Sie sollen den Hirsch dort in seiner Höhle nicht wieder abholen!«

Mein Körper wurde von unkontrollierten Krämpfen geschüttelt, als ich in purer Verzweiflung nach Atemluft rang. Es war, als hätte mich das Aussprechen meiner Gefühle für einen Moment gänzlich meiner Kräfte beraubt und mir die Kontrolle über die Glieder genommen.

»Frey, schhhhh!«, raunte mir Skadi ins Ohr – doch auch der Trost im Klang ihrer Stimme half nicht.

Stühle wurden quietschend über den Boden gerückt, leises Gemurmel ertönte jenseits der Tränenschleier. Die Alten hatten sich von ihren Plätzen erhoben und schienen sich über Skadi zu beugen, als würden sie mir dadurch wie ein sicheres Dach die Gewissheit ihres Schutzes schenken. Ich fühlte die Hand meines Vaters am Rücken. Síf versuchte, die Angst mit weiteren Worten zu brechen.

»Aber, aber, mein Kleiner. Das wäre nicht richtig. Willst du denn, dass der arme Winterhirsch ganz alleine seine Tage im letzten Winkel des Jotenlandes ohne die Brüder verlebt? Soll er dort einsam bleiben und ewig hungern, weil er kein Laub mehr zu fressen findet?«

Ich schluchzte leise.

»Nein. Nein, natürlich soll er nicht hungern und allein sein ist ganz furchtbar für mich – das soll er nicht erleiden müssen. Aber …« – meine Stimme brach wie das Eis des Midlandsees unter den Pickeln der Fischer – »… aber können wir den gar nichts gegen den Fluch der Hirsche ausrichten? Warum muss alles sterben, warum soll es vergehen?«

Die Miene der Asin senkte sich auf meine Höhe hinab und blinzelte mir freundlich entgegen, während ihre Hand meine Wange berührte und mit einem Finger daran entlangzustreichen begann. Die Berührung durchstieß die Gedankenbilder wie ein Speer. So wurden die Tränen getrocknet, so versiegten die Schluchzer allmählich … und als mein Atem in regelmäßigen Zügen kam, die Schrecken verblassten und das Schaudern verging … da erhob sie erneut die Stimme:

»Nein, wir können nichts gegen die Wanderungen der Hirsche ausrichten, Frey. Sie gehört einfach dazu. Das ist der Lauf der Dinge. Wir sehen diese Gegebenheit nicht als Fluch oder Segen, sondern als ein Geschenk des Schicksals, das unser Leben Lauf bestimmt. Ohne Kaldgrani fehlte das Gleichgewicht zwischen Leben und Tod.«

Mit staunenden Blicken bedachte ich die Worte der Asin, die mir soeben in ihrer Erklärung die Binde von den Augen genommen und sie in ihren Sätzen für neue Sichtweisen geöffnet hatte.

Ein Geschenk?

So hatte ich die Situation wahrlich nicht betrachtet und mir auch nicht den Kopf über Waagengewichte zerbrochen, zumal mich die Dunkelheit eher schreckte. Síf sollte mir in jenen Julnächten zeigen, dass Licht eine zerbrechliche Schicksalskraft war und niemals ohne ihren Bruder Dunkelheit Bestand in den Welten genießen würde.

Kein Licht ohne Dunkel. Kein Leben ohne den Tod.

Für einen Moment war ich nicht Kind der Alten und erkannte den Sinn jener Schicksalswaage.

»Also … haben wir die Jahreszeiten von den Hirschen geerbt und können nur deshalb leben, weil wir irgendwann sterben … können nur im Herbst dann ernten, weil wir im Frühling säen …«, kombinierte ich laut die in mir erwachsenden Gedanken, die sich zu Bildern und ganzen Mosaiksätzen fügten. »Aber weshalb liegt dann die Welt Niflheim im ewigen Eis? Und warum ist Muspel die Welt der stetigen Flammen?«

Mutter Skadi küsste mich auf die Stirn.

»Weil diese Hirsche die ersten der ihren waren und nicht mehr in ihrer Hirschgestalt hausen. Während Kaldgrani stets mit seiner Jotlandmagie bloß als Vorbote der kalten

Todesmacht galt und man ihn als Hirsch des Winters zu fürchten begann, hatten sich der pure Tod und das pure Leben bereits aus ihren Gestalten gelöst. Muspel und Nifl haben keine Hirsche mehr. Ihre Macht liegt jedoch zwischen Ginnunga und Nichts. Die Magie des ureigenen Gleichgewichts jener Lande umgibt uns wie die Luft, die wir atmen. Du kannst weder das Leben noch den Tod wahrlich berühren, aber ihre Magie manifestiert sich in den ersten der Welten. Das erste Licht. Das erste Dunkel. Kaldgrani mag der Hirsch des Winters sein, aber der wahre Tod besitzt keine Gestalt und ist für die Lebenden ungreifbar geworden, ja, ist es womöglich schon immer gewesen. Zwei der Brüder kennen wir zu Lebzeiten nicht«, sagte sie.

An diesem Abend saß man länger als gewöhnlich beisammen, erzählte sich weitere Geschichten über die Freuden des Lebens, erzählte lustige Anekdoten und eine Vielzahl chaotischer Begebenheiten, erzählte und erzählte weiter, um den Jüngsten der Runde von seinen Albtraumaussichten der kommenden Nacht zu erlösen. Selbstverständlich war man sich des Umstandes gewahr, ich würde in meinen Fantasien von einer besonderen, einer alles verändernden Erzählung gejagt werden.

Einer Erzählung, die mich fortan wie ein Schatten verfolgte.

Njörd beobachtete meine Miene in steter Besorgnis, intonierte zur letzten Stunde erneut seine vanischen Geschichten mit Gesang und fügte seinem Tenor nach weiteren Runden Met ein Zupfinstrument aus seiner Heimat hinzu. Er bediente den kleinen Holzring recht selten – tat es überhaupt nur mir zum Gefallen oder bei seltenen Anlässen nach dem Konsum von Wein.

Meist stand dem Mann Wasser beim Spiel in den Augen. Heute genoss er den Klang des eigenen Tuns und ich wusste: Er tat es für mich.

Wie die Beine einer Spinne tanzten die schlanken Finger über die Saiten, versetzten den Ring in magische Vibrationen und formten aus schwingenden Därmen eine Julmelodie. In den lang gezogenen Händen des Mannes mutete das Tascheninstrument wie eine Ameise an, doch tönte sein Lied in der Tat so inbrünstig und voll, als stammte es aus einer Laute Valhölls.

Alsbald schon prangte ein seliges Lächeln auf den Mienen der Alten, löste die Anspannung der Julmär auf und ließ zu, dass Mutters Körperwärme mich erneut in wohlige Ruhe hüllte.

Ach ja … süße Ruhe.

Womöglich wäre solch ein Abend ein perfekter Ausklang gewesen, womöglich hätte ich die seltene Darbietung der vanischen Ringe genossen … jedoch: In meinem Geiste spukte noch immer die Geschichte der Hirsche umher und ließ in mir so viele Fragen des

Schicksals reifen, die mir kein Gott und kein Mensch je zu beantworten vermochte.

Ob der Winterhirsch den Tod wohl kannte? Ob er ihn persönlich getroffen hatte?

Ob Kaldgrani nicht einsam war, obwohl er zu einer Jahreszeit die Brüder besuchte?

Ob er heute Nacht Angst verspürte, da Odin ihn jagte?

Ob es wohl Linderung für den Hunger seiner Sommer geben mochte?

Wie er so war, der Bruder Tod?

So viele Fragen. So wenige Antworten.

Nur der Hirsch höchstselbst vermochte derlei Auskünfte über die Magie der Welten und die Waage des Schicksals zu geben, die Fragen zu beantworten und mir Klarheit zu schenken. Ebendieser Moment der Erkenntnis mochte es wohl gewesen sein, der mich zu einer törichten Handlung trieb und in mir den Entschluss zu verstehen weckte: Ja, ich wollte die Welten verstehen.

Ich wollte sie verstehen, wie die Erwachsenen es taten.

Eine einzige Nacht war mir noch mit Kaldgrani in Ásgard vergönnt und so würde ich den Guten im Wald wohl suchen, um ihm bei der Gelegenheit ein wenig Proviant für die Reise zu schenken. Die Vorstellung seines tristen Daseins fraß sich mit nagenden Rattenzähnen in meine Gedanken und ließ mich in Mitleid zu dem Tier ein spätes Julabenteuer beschließen.

»Mutter«, flüsterte ich ihr meine rettende Lüge ins Ohr, »ich müsste dringend einmal verschwinden.«

Ohne Worte hob Skadi mich von ihrem Schenkel und zwinkerte mir ein Lob ob der selbständigen Warnung entgegen. Ihre Hand wuschelte mir noch einmal über den Kopf.

»Brauchst du Hilfe?«, fragte sie.

Und welch eine Frage!

»Ich *kann* das!«, polterte ich.

Selbstbewusste Schritte trugen mich fort von der geselligen Runde, quer durch den Essbereich und hin zum unbeleuchteten Flur. Wie ein Schattenmaul tat sich die geöffnete Tür vor mir auf, jagte die Erregung des Verbotenen durch meine Glieder und empfing mich schließlich mit der Kälte des Hofes, die unter dem Türschlitz der Hauspforte zischte.

Mit jedem Schritt des versagten Pfades wuchs das Gefühl in mir, Mutters wissendes Schmunzeln verfolge mich bis in den Flur. Jedoch konnte Skadi keinen meiner Beschlüsse erahnen, denn sonst hätte mich die Frau wohl nicht ziehen lassen und mir weitere törichte Handlungen streng untersagt. Nein, weder Skadi noch Njörd erahnten den Plan, im Flur die Vorräte aus den Kisten zu nehmen und den Kaldgrani in Ásgard suchen zu gehen.

Die Vorratstruhen unter dem Treppenaufgang ragten wie skurrile Skulpturen in die Dunkelheit des lichtlosen Vorwohnraumes, reihten sich zu einer Kistengebirgskette aneinander und schmiegten sich an die Schatten der Trockenstrohballen. Da lagerte in der Tat allerlei Tand unter unserer Leitersteigkonstruktion, den ich nur teilweise einem Zweck zuzuordnen vermochte.

Die Strohballen eigneten sich hervorragend zum Bau der Gästelager, die zumeist im oberen Stockwerk bei den Schlafräumen errichtet wurden und in ihrer Flexibilität durchaus ein praktisches Mittel waren. In den Truhen lagerten wir diejenigen Vorratsmittel, die keiner besonderen Lagerstätte bedurften und sich gut und gerne über Jahre dort hielten.

Eingelegtes. Trockenbrot. Was man nicht alles dort fand!

Den Schnurkonstruktionen mit gefassten Steinen, Gefäßen aus weißem Schlangenleder sowie den Büchern ohne Inhalt und Steinfigurinen hatte ich allerdings noch keinen Sinn entlocken können … würde es vermutlich auch niemals mehr.

Es war, als hätten ungeliebte Dinge und zerbrochene Träume unter den Stiegen der Leiter ihre letzten Plätze bezogen und fristeten dort ihr Dasein bis ans Ende der Zeit.

Niemand erinnerte sich.

Ich zwängte mich zwischen den größeren der Truhen hindurch und schlüpfte so in den behelfsmäßig konstruierten Sammelraum meiner Eltern, um mich an meine Vorbereitungen zu halten. Unter Anstrengung wurden Säcke beiseitegezogen, aus Schemeln eine Leiter zu den Vorratskisten errichtet und ein kleiner Rucksack aus den überfüllten Regalen befreit. Der abgewetzte Lederverbund baumelte wie ein Pendel an meinem Rücken und ließ mich um Haaresbreite mein Gleichgewicht verlieren.

Dort stand ich nun.

Ich balancierte auf dem Haupt eines Schemelturms hin und her. So recht wollten mir meine Beine nicht gehorchen. Das Gewicht meines Rucksackpendels drohte, mich rücklings in die Tiefe zu ziehen. Ständig schwebte die Angst vor meinem inneren Auge, ich würde beim Verlieren des Halts alle Alten auf mein Handeln aufmerksam machen und mir selbst beim Sturz die Nase brechen.

Oh, bitte nicht!

Nicht nur, dass ich vielen der Krieger mit kampfgebrochenen und verschobenen Nasen aus Nidavellir begegnet war und diese als nicht sonderlich ansehnlich empfunden hatte, nein … In meinen Fantasien formte sich das Antlitz eines weißen Hirsches aus den Nebeln und manifestierte mein hehres Reiseziel direkt vor Augen, indem es meiner Hoffnung auf Antwort die Gestalt eines Wesens verlieh. Kaldgrani wartete auf mich im Atem der Nacht … und diese Gelegenheit galt es doch nicht zu vergeben!

Ich kann das! Ich bin doch gar nicht mehr so klein!, bemühte ich mich in Gedanken um Mut.

Geschickt angelte ich nach dem Tragegriff der oberen Kiste und hoffte auf ein schweres Gegengewicht in ihrem hölzernen Bauch, das mir das Hangeln zwischen den Truhen ermöglichen sollte und mich vor dem Scheitern meiner Planung bewahrte. Wie eine Ameise heftete ich mich geschickt an das lederne Band, schaukelte eine Weile und stieß mich dann von den Schemeln.

Es polterte nicht.

Wie durch ein Wunder verharrten die Möbelstücke trotz des Schwungs in ihrer angestammten Position und behüteten mein Geheimnis schweigend wie Gräber. Wie durch ein Wunder wollte mich das Gegengewicht der Truhe in luftigen Höhen behalten und stürzte nicht samt Vanenkind mit in die Tiefe.

Mit letzter Kraft schob ich meine freie Hand durch den Ärmel des Wollhemds, der sich in der Bewegung gefährlich über meine Finger geschoben hatte und mich der Möglichkeit des Greifens beraubte, bis ich den eisernen Truhenschlüssel endlich mit dem Daumen zu fassen bekam.

Eine Wohltat – das klickende Schlussgeräusch in meinen Ohren.

Im Rausch des Adrenalins verkannte ich die Gefahr und vergaß meine Angst, knabberte verbissen auf meiner Unterlippe herum und versuchte nun, den hölzernen Deckel beiseite zu schieben.

Keine Angst mehr in mir.

Nur freudige Erregung.

Im Grunde hatte Síf mich ja auch gelehrt, dass ich in meiner Tat keinen Diebstahl begann … sondern lediglich das Fragen auf einen späteren Zeitpunkt verschob … oder vielmehr auf ein *gar niemals* streckte.

Mit zitternden Fingern wühlte ich unter der Strohschicht nach einem Beutel passender Größe, in dem ich eine geeignete Mahlzeit und etwas Reiseproviant für meinen neuen Freund Kaldgrani vermutete. Nebst Überlegungen, welchen Gaumenfreuden ein Hirsch seiner Art sich sonst in den Wandermonaten hingab, drängte sich vor allem die Frage auf, ob Hirsche im Allgemeinen denn Trockenbrot fraßen. In Thrymheim fütterte Mutter die Pferde damit.

Ob es sich mit Hirschen wohl ähnlich verhielt?

Schließlich wollte mir nicht ins Verständnis übergehen, wie Kaldgrani im Sommer vom Winterreif lebte und somit gänzlich ohne feste Nahrung *über*lebte. Was musste der Kalte doch traurig sein, so einsam seine Tage im Norden

Jötunnheims zu fristen und dort unter dem ewigen Hunger seiner Sommer zu leiden!

Aber … nicht mehr lange würde er leiden. Er hatte einen Freund in mir gefunden.

Was mir anfangs unheimlich und böse erschien, entpuppte sich nun als fester Bestandteil des Lebens und galt somit als beachtenswertes Geschöpf … zumal ich sein Sehnen in meinem eigenen Herzen verspürte. In Mutters Worten war eine Passage erklungen, die mir einen Blick in Kaldgranis Seele gewährte: Der Kalte wollte geliebt werden … und nichts vermochte mein junges Herz mehr zu verstehen als dieses!

»Nun komm schon!«, spornte ich meine Hände an, während meine Finger noch immer durch die Strohhalme pflügten.

Dann endlich bekam ich einen großen Backlaib zu fassen, der weder in einem Beutel noch sonst einer Schnürung am äußersten Rand der Vorratstruhe ruhte, bis ich ihn aus seinem Gefängnis befreite. Ein Geheimnis würde es wohl auf alle Zeit bleiben, wie lange das Brot nicht mehr das Tageslicht sah … doch in ebenjenen Augenblicken, da es mich in den Winterwald zog und Kaldgrani hungrig auf Rettung harrte … in ebenjenen Augenblicken schien das Alter des Teiglings längst gleichgültig geworden.

Ich stopfte das Backwerk grob in den Rucksack, schleuderte das gefährliche Pendel erneut auf meinen Rücken und begann mit wackeren Schritten den Abstieg. Vor dem geistigen Auge sah ich die Berge Thrymheims, sah Nebelschleier, die um Gebirgsketten zogen und die weißen Steilhänge in dichten Dunst hüllten, sah tiefe

Schluchten und tiefere Schlünde, sah Abgründe unter den Füßen und schneebedeckte Wipfel, die sich wie Katzen an die Beine der Bergherren schmiegten.

Für einen Augenblick rückte die Hütte weit fort und die Welt in der Ferne rückte mir nah. Ich kletterte nicht mehr auf Schemeln oder Truhen, denn mein Abenteuer hatte in der Fantasie meiner Tagträume längst seinen Anfang in der Fremde gefunden.

Ich war Bergsteiger. Wanderer. Krieger der Welten.

Ich war Schicksalsschmied und einziger Freund des kalten Winters.

Mit einem eleganten Hopser erreichten meine Füße den Boden und stahlen sich wie die weise gewählten Schritte eines Taschendiebes aus Nidavellir ihren Weg durch den nächtlichen Flur. Dumpf drangen die Laute des Lebens aus dem Wohnraum an mein Ohr, füllten meinen Geist mit der Zuversicht, im Geheimen gehandelt zu haben, und trieben mich auf die Hüttentür zu. Keiner der Alten schien das lange *Fortbleiben* zu vernehmen. So unterhielten sie sich über die Belange der Höll, die nicht für meine Ohren bestimmt gewesen waren. So wanderte abermals Met durch die Hände, der die gute Síf allmählich in Wogen der Wonne wiegte.

Ich selbst aber turnte über die Stützkonstruktion des Hauses zur Klinke, öffnete die Tür …

… und begann meine Reise.

Der scharfe Atem der Nacht trieb salzige Perlen über
meine Wangen, als ich meine Augen zum Himmel hob und
zwischen all den Sternen nach *Thjazis Augen* suchte. Das
zarte Schneetreiben des heutigen Frühabends war einer
klirrenden Kälte ohne Wolken gewichen und hatte die
Lichterdecke über dem Haupt freigegeben, auf der sie wie
brennende Löcher im schwarzen Gewölbe prangten, die
Sterne.

Thjazis Augen glänzten wie Rubin und Saphir in der
Weite, entfachten zur Rechten ein blaues Feuer des
Nordens und brannten zur Linken im Flammenrot
Muspels. Das Sternbild sollte mein Wegweiser sein, mein
führender Kompass und mein Heimatlicht, auf dass ich
trotz womöglich weiter Strecken niemals den Pfad nach
Hause verlöre.

Hinter mir zog ich unter äußerster Vorsicht die Tür
unserer Hütte wieder ins Schloss und blickte auf die
unbetretene Schneefläche, die sich vor meinen Füßen bis
zum Waldesrand auftat.

Stille.

So still war es heute.

Das sanfte Klickgeräusch der losen Riegel unserer
Haupttür, vermochte nicht einmal die Schneeeule in den

gegenüberliegenden Baumreihen zu vernehmen … und so würden auch die Alten in ihren Gesprächen nichts hören.

Frohen Mutes setzte ich den ersten Schritt in den Schnee, verdrängte das Gefühl der eiskalten Speerspitzen in meinen Zehen und stakste weiter voran Richtung Wald. Über den Scherenschnitten von Bäumen prangte das Antlitz des Julmondes hell und warf sein Licht über die Häupter der bewedelten und bepuderten Riesen, die nunmehr den weißen Mondglanz in die Nacht reflektierten.

Wie gebannt starrte ich auf die eindrucksvolle Natur.

Den Schnee an meinen Knien bemerkte ich kaum.

Zwar kämpfte ich mich mit jedem Schritt durch höhere Felder, zwar spürte ich die Kälte schon bis zu den Schenkeln … doch der Ruf meiner Reise lockte mich weiter voran. Eine breite Spur zog sich hinter meinen Schritten gleich einer Schneise durch die Flockenmassen und Meere … und ich fragte mich: Wie so ein Winter in Jotenlanden wohl wäre?

Sicherlich waren selbst die Sommer dort kälter und die Winter um einiges härter als hier, so hatte ich stets die Worte Skadis vernommen, die dort einige Winter ihres Lebens verbracht und etliche Male am Heimfeuer fror. Doch waren auch Worte über den Reiz jener Kälte gefallen und Worte über die Freiheit in den einsamen Stunden, da sie des Nachts mit den Wölfen rannte und mit dem Bogen das Jotren jagte.

Ich stellte mir die jotischen Eiswölfe vor.

Man erzählte mir einst, sie stammten aus dem späten Frost Nifls und wären erst durch die Schleier gen Jötunnheim gewandert – auf dem Weg in den Norden hätten die Wölfe in den Nebeln ihre Farbe verloren und wären fortan weiße Geister mit blauen Augen gewesen. Ihre Größe sei unter allen Wölfen unübertroffen, so man Wandler und Zauberbanne nicht mit bedachte. Ihr Pelz dufte nach …

Oh Schreck!

War das nicht ein Wolf … dort, zwischen den Bäumen?

Das Knistern der Äste und Knacken der Bäume unter den gewichtigen Decken von Schnee ließ mich meine Tagträume mit einem Schlage verdrängen und am Waldrand in den Schatten nach einem Augenpaar suchen. Die Lichtung hatte ich gedanken- wie kopflos verlassen … und befand mich nun in einem Paradies der dämonischen Schattengestalten.

Schlanke Schwarzfichten fochten gegeneinander und wippten wankend im Winde; schlanke Schwarzfichtenfinger griffen gekonnt nach dem Kinde. Das Wispern der Schneeschützen über den Stämmen entsandte flüsternde Stimmen in die Stille des Winters, als wollte jedes der unverstandenen Worte meinen Namen oder gar eine Drohung bedeuten.

»Frey!«, flüsterten die Bäume weithin.

»Frey! Komm mit uns! Komm mit uns, Kind!«

In der Dunkelheit zwischen den Stammlabyrinthen errichteten sich schwarze Mauern und verbargen die Sicht auf die Lichtung, die mit jedem Schritt weiter fortzugleiten schien und hinter Wänden aus Nichts entschwand … obwohl ich längst nach einem Ausweg zu suchen begann. Die Angst ließ mich den langsamen Gang in Rennen und Stolpern verwandeln, hetzte mich durch den Wald wie ein gejagtes Reh vor dem Jäger und versetzte meine Gedankenwelten in Panik. Furcht peitschte mein Herz.

Ich sprintete los.

»Hilfe!«, brüllte ich.

Immer wieder.

»Hilfe!«

Doch würde mir keine Rettung zuteilwerden und keiner der Alten würde mein Rufen vernehmen. Baumgreise begannen erbittert zu beben, Lawinen stürzten von ihren Kleidern und Schnee schlug wie Hagel über den Boden. Ich hob meine Hände schützend über das Haupt und wurde von den Schneemassen niedergedrückt. Eine Lawine aus feuchtschweren Schneedecken sollte also meinen kleinen Körper unter ihrer Masse begraben, als wäre ich nicht mehr als ein Insekt unter den Füßen der Fremde … als wäre ich nichts im Vergleich zur Gewalt der Natur.

Ich fühlte den Schnee im Gesicht.

Ich wollte atmen, wusste nicht, ob ich lag oder stand.

Ich konnte nicht atmen.

Flocken füllten die Lungen.

In der Dunkelheit manifestierten sich die eisblauen Augen der Wölfe aus Sternenlicht und huschten heimlich in die Schleier der Nacht, während sich aus den nahe gelegenen Pulverschneebergen die weißen Gespensterwolfleiber zogen. Nebelgewänder umhüllten die Tiere mit frostigen Wolken, waberten schleiergleich um ihre Pranken und verdampften wie kochendes Wasser gen Himmel.

Der Anblick ihrer Albtraumgestalten ließ mich verzweifelt gegen die Atemnot brüllen, doch der Ton versiegte ohne je zu verlauten … ohne je zu ertönen und mir helfende Hände zu suchen.

Ob sich so der Kaldgrani in der Winterjagd fühlte? Fühlte er so, da Odin ihn jagte?

Ich will nicht sterben! Ich will nicht gefressen werden!

Weshalb bin ich allein in den Wald gegangen?!

Ich ersticke! Ich will nicht ersticken!

Ich habe Angst.

Vor meinen Augen fiel die Nacht über den Winter und hüllte mich in wärmende Dunkelheit ein, sodass die Kälte alsbald meine Glieder verließ und meinen Körper in einen lethargischen Zustand der Entspannung versetzte. Niemals zuvor hatte ich solch eine Ruhe verspürt und niemals zuvor war mir die Atemluft gleichgültiger gewesen.

Mit einem Mal fühlte ich die Stille wie eine betäubende Droge in mir, wenngleich Stürme des Lebens dort droben tobten und die Eiswölfe mit ihren Zähnen nach meinem Strickschal grabschten – nichts war mir wichtig.

Nichts mehr relevant.

Ich fühlte ihre Pranken an meinem Rücken, die schweren Tritte ihrer massigen Beine und ein Maul, das mich mit gewaltigen Kräften unter dem Schneehügelgrab hervorziehen wollte. Der Sog nach oben war körperlich spürbar und das mangelnde Augenlicht vollkommen belanglos geworden.

Ein Eiswolf hob mich aus dem Schnee in die Luft. Das Weinen hatte ich längst verlernt.

Atemluft strömte eisig in meine Lungen und entfaltete die zusammengepressten Flügel wie ein Adler seine Schwingen vor dem ersten Flug – unbeholfen, doch lebensrettendes Gut. Mit dem Sauerstoff kehrten die Farben der Welt in den Blick, vertrieben die Schwärze des Todes vor Augen und öffneten meine Sicht auf die Wahrheit hinter den Dingen.

»Kaldgrani!«, hustete ich ob der Erkenntnis verblüfft.

Denn weder baumelte ich im Maul eines riesigen Wolfes aus den jotischen Weiten, noch vermochte ich überhaupt Wölfe im nächtlichen Dunkel zu sehen. Ich schwebte in meinen Schal gewickelt wie auf einer Schaukel im Geweih eines ehernen Hirsches, der verdächtig weiß im mangelnden Licht des Nachtwaldes glänzte … und dessen zotteliges Fell ohne Mondlicht dennoch erglühte, als hätte das Tier den Máni höchstselbst verschlungen. Ein stattlicher Hirsch aus Sternenlicht war es, der mich aus den Trümmern meiner Reise befreite und mir eine zweite Chance zu leben gewährte.

Der Tod hatte mir mein Leben geschenkt.

Eisblaue Augen ruhten auf meiner Miene und zogen seltsame Nordlichtgebilde in die Luft, als der Hirsch mich behutsam am Boden absetzte.

»Es ist glatt, junger Freund«, ertönte die tiefe Stimme des Tieres. »Aber das hat dir dein Vater bereits gesagt, nicht wahr?«

»Woher …?«

»Ich habe dich beobachtet«, entgegnete der Kalte schmunzelnd – ohne je auf die Ausführung meiner Frage zu warten.

Die nassen Nüstern entfernten sich rasch von meinem Gesicht und zogen den gefrorenen Atem gen Himmel, als Kaldgrani seinen Kopf wieder hob und das gewaltige

Geweih in die Nachtluft reckte. Wie die Zweige des Weltenbaums Yggdrasil verästelte sich das Horn zu einem nahezu undurchschaubaren Geflecht, während sich linke und rechte Hauptastseiten durch taubeperlte Spinnweben miteinander verbanden. Verwoben schien das Geflecht mit sich selbst und verwoben sein Glanz mit den Lichtern des asischen Himmels.

Fürwahr, ebenjene Tatsache war es wohl auch, die mir zeigte: Es konnte sich bloß um den legendären Kaldgrani handeln, denn welch ein Tier trüge sonst das Gewirr des Schicksals als Krone?

Und dieser Hirsch, dieses Wesen, dieser wintergejagte Vorbote des Todes … hatte auch mein Schicksal … und meine jüngsten, gerade erst vergangenen Tage gesehen.

»Oh edler Kaldgrani, vergib mir die Frage, aber ich bin noch jung und weiß nicht viel. Du siehst die Vergangenheit meines Volkes?«, wagte ich in meiner Neugier zu vermuten und erhoffte mir im Stillen gar eine gute Geschichte.

»Die Vergangenheit und die Zukunft, mein Freund«, lachte der Hirsch mir röhrend entgegen. »Für einen Vanen deines Alters wählst du recht weise Worte und ich erlaube mir, deinen Vater zu loben. Allerdings steckt noch die Torheit der Jugend in deinem Herzen. Der Ausflug in den Wald war kein guter Einfall. Auch tun deine Eltern ganz gut daran, dir die Geschichten deines Volks zu verschweigen. Ihre Gründe erscheinen mir doch gerechtfertigter Natur und dienen allein dem Schutz deines Selbst. Magst du auch stets die Helden deiner Sagen suchen, manche Wahrheiten bleiben besser im Dunkel der Unwissenheit. *Ich habe dich beobachtet* – meine Worte bezeichneten dein Spiel auf der Lichtung. Ich war ganz in der Nähe. Ich habe euch gesehen.«

Die Schamesröte kletterte mir heiß in die kalten Züge, hatte man mich doch binnen Sekunden vortrefflich durchschaut und zu aller Übel noch meine Unbedarftheit bei der Hütte *gesehen*. Mein Sturz in den Schnee wäre einem klügeren Knaben Vanaheims womöglich nicht zugestoßen – nur wohnte in mir auch das Ungestüm des Riesenblutes, die mich dann und wann zum Spaß an der Freude trieb.

In Vanaheim ein gar unmögliches Gedankengut. Dort herrschte Zucht und Ordnung. Man tollte nicht über den Schnee. Zudem stellte kein junger Vanenknabe den Fremden die Fragen, auf welche die Eltern die Antworten verwehrten oder gar im Keime erstickten.

In der Tat hatte ich oft um Erzählungen der Schlachten und Helden gebeten, in der Tat hatte ich den Kriegern mit einem Stock als Schwert nachgeeifert … in der Tat untersagte Skadi den anderen jegliches Wort über die asischen Kriege.

Kaldgrani zu fragen? Ein Infragestellen ihrer Autorität.

»Das sollte dir wahrlich nicht unangenehm sein. Schließlich waren auch sie einst junge Riesen, Vanen und Asen, die nicht und niemals vor den Grenzen oder Regeln der anderen hielten und die Neugier auf ihren Zungen trugen«, sagte Kaldgrani blinzelnd. »Wir sind alle Kinder der Welten. Der Hunger nach Wissen und die Neugier nach mehr … all diese Dinge sind unseres langen Lebens Antrieb.«

»Es ist mir nicht unangenehm«, log ich betreten.

Mein Blick wanderte unwillkürlich zu Boden und ich wagte in jenen Momenten zu glauben, mein junges Herz hätte niemals zuvor mehr Peinlichkeit als vor des Kalten Antlitz verspürt. So unerfahren und fehlerhaft fühlte man sich. So jung im Vergleich zu Kaldgranis Natur.

»Deine Backen glühen ja förmlich«, konstatierte er zwinkernd. »Ich glaube ja, dass ich so falsch gar nicht liege. Trägst du dein Herz einmal nicht auf der Zunge, verrät dich dein Körper bald darauf.«

»Mir ist bloß sehr kalt.«

Das Röhren des Winterhirschs schraubte sich donnernd in die Luft, als der Kalte aus voller Kehle zu lachen begann und mir mit der Schnauze einen sanften Stupser versetzte. Sein Haupt wurde von den kehligen Lauten derart heftig erschüttert, dass Geweih und Schicksalsfäden darin unter klingelnden Lauten der aneinanderschlagenden Taukristalle wie in einem Weltenbeben vibrierten. Der Frost löste sich rieselnd von den verknoteten Hörnern, verwandelte sich noch im Fluge in Flocken von Schnee und küsste schließlich den Boden vor Kaldgranis Hufen.

So wurde also der Winter geboren!

Ich erinnerte den Schneefall des frühen Abends auf der Lichtung vor unserer Thrymwaldhütte, erinnerte auch die kürzlich gesprochenen Worte des Kalten, er habe uns zu dieser Zeit beim Spielen gesehen … und noch ehe er die folgenden Sätze sprach, da wusste ich um deren traurigen Kern.

»Ach, junger Freund«, seufzte der Winterhirsch schließlich, während sein Lachen verstummte und der Schneefall sich legte, »ich habe euer gemeinsames Spiel sehr genossen. Ich wünschte, ich selbst wäre noch einmal so jung. Ich wünschte, ich würde einem Sohn die Freuden des Winters zeigen und mit einer Familie am warmen Herd sitzen … doch das Schicksal hat mir stattdessen eine Bürde vermacht.«

Das Lächeln der Erkenntnis entwich meinen Lippen und wurde von einem Ausdruck des Bedauerns überdeckt. Ich schälte den Rucksack von meinem Rücken, setzte ihn neben mich in den frisch gefallenen Schnee und zog den getrockneten Brotlaib heraus.

In meinen kleinen Händen war mir der Teigling wie eine anständige Mahlzeit für einen Hirsch erschienen … doch als ich dem Tier nun das Diebesgut reichte, mutete es mir wie eine mickrige Gabe von Brotkrumen an.

»Das … das ist für dich. Mutter Skadi hat mir erzählt, dass du immer ganz allein durch die Welten wanderst und im Sommer nur vom Reif der jotischen Bergländer lebst. Ich kann zwar nicht mit dir nach Jötunnheim kommen …« – ich stockte – »… aber ein bisschen Brot kann ich dir geben.«

Aus den nordlichtvernebelten Augen des Hirsches lösten sich kleine Perlen aus Tränennass, netzten über das drahtige Fell auf den Wangen und verwandelten sich schließlich in blaue Kristalle. Schwer fielen die Steine in Richtung des Bodens und hinterließen ihre Silhouette als Abdruck im Schnee.

»Oh, kleiner Freund«, krächzte der Hirsch mit trockener Kehle, »das ist wahrlich ein schönes Geschenk, aber …«

»Ich weiß, es ist wenig. Es wird niemals reichen«, bedauerte ich die unausgesprochene Tatsache zwischen uns zutiefst.

Solch einen kleinen Laib vor seinen riesigen Hufen und dem viel größeren Körper darüber zu sehen, drohte mein trauriges Herz fast zu sprengen und füllte auch meine Augen mit Tränen. Mein Geschenk war nichts im Vergleich zu den Opfern, die der kalte Kaldgrani tagtäglich erbrachte.

»Im Gegenteil«, sagte Kaldgrani. »Ich freue mich sehr, aber der Winter geht zu Ende und bald wird Odin mich jagen. Überschreite ich die Grenze seines Landes zu meinem, so werde ich nichts anderes mehr zu tafeln vermögen als den rauen Reif der jotischen Berge. Es ist mein Schicksal, denn ich bin der nächste Bruder des Todes … und ohne den Tod kann kein Leben bestehen. Nimm dein Brot und bring es zu deinen Eltern nach Hause. Sie machen sich sicher bereits Sorgen um dich.«

Aus krebsroten Wangen wurden leichenblasse, als mir die Dauer meines nächtlichen Abenteuers ins Bewusstsein überging und die Konsequenzen meines Fortbleibens vor Augen führte.

»Meine Eltern!«, stieß ich erschrocken hervor.

Mutter Skadi würde krank vor Sorge werden, so sie mich nicht bei der Toilette befand und meinen Fortgang von Thrymheim bemerkte. Die Dauer meines Ausflugs erstreckte sich wohl bereits über sehr viele und ausgedehnte Sitzungen dort … und sollte ihre Aufmerksamkeit rasch erregen.

»Sie werden mich suchen!«

»Natürlich werden sie dich suchen, mein kleiner Freund«, gab der Kalte ruhig zu bedenken. »Deine Eltern lieben dich mehr als ihr Leben. Geschähe dir ein Unglück, würden sich die beiden niemals vergeben.«

Die langen Wimpern des Winterhirsches senkten sich zur Hälfe über die Augen, während seine buschigen Brauenansätze eine Geste der Besorgnis formten und indessen an eine doch sehr menschliche Geste erinnerten. Eine Mimik, die mir gänzlich untypisch auf dem Gesicht eines Hirsches erschien.

»Ich höre sie bereits deinen Namen rufen.«

Eine quälende Unruhe strömte mir wie flüssiges Blei durch die Adern, als ich dem Hirsch in die Augen blickte und mein Dilemma erkannte: Ging ich fort, so bliebe der Winter allein. Bliebe ich, so sorgten sich die Eltern zu sehr.

Welch grausames Schicksal die Nornen doch dort drunten bei den Wurzeln des ehernen Yggdrasil webten, ein sanftes Wesen wie Kaldgrani zu solch einem Fluchdasein zu verdammen und ihn trotz seines Opfers in der Kälte des Nordens weiter zu strafen. Ihn zu strafen, indem sie ihn von *dem einzigen* Jungen trennten. Einem Kind, das in der Julnacht vor der Winterjagd lernte, dem Kalten ein Freund zu sein … und damit den Tod nicht zu fürchten.

»Mein Junge, ich sehe das Licht in den Bäumen. Deine Eltern sorgen sich sehr um dich.«

»Aber dann bist du allein!«, schluchzte ich Kaldgrani entgegen. »Dann bist du ganz allein und Odin jagt dich wieder fort!«

Der Blick des Hirsches nahm eine sanfte Farbe, leuchtete wie ein Auge Thjazis aus den von Trauer umschatteten Höhlen und das Nordlicht darin strahlte heller als jemals zuvor. Eine letzte Träne suchte sich ihren Pfad durch das Fell und sickerte seltsam flüssig durch den Stoff meiner Hose.

»Nein, Frey«, beteuerte der Kalte inbrünstig, »heute Nacht war ich nicht allein und über den Sommer im Jotland wird das Glück mein Herz stets erfüllen, da ich die nächste Julennacht mit großer Freude erwarte. Ich erwarte die Nacht, da ich meinen Freund wiedersehe. Vergib nicht deine Jugend und die Neugierde darin, tolle wild durch den Schnee, vergiss all die Regeln, sei ein freier Geist und freu dich des Lebens … und wenn es dann schneit, mein Freund, dann weißt du: Ich bin ganz in der Nähe.«

Mit diesen Worten schüttelte der Hirsch den Schnee von seinem Geweih, blinzelte mir ein letztes Mal noch entgegen und sprang schließlich in den Schatten der Bäume davon. Unter den Hufen wirbelte der Schnee in die Winde und ich blickte der schwindenden Silhouette samt Flocken und Spur aus Kristallen lange nach. Zuletzt erkannte ich bloß noch einen hellen Punkt zwischen den Stämmen.

»Warte!«, rief ich plötzlich. »Eine Frage habe ich noch! Hast du den Weltentod persönlich getroffen?«

Doch eine Antwort blieb Kaldgrani mir schuldig.

Zwischen den schwarzen Säulen des Waldes flackerte der Fackelschein zahlreicher Nachtlichter, die von einer

Vielzahl mir unbekannter Silhouetten getragen wurden und glühwürmchengleich durch die Dunkelheit schaukelten. Wie Irrlichter schwebte die Kolonne durch die blattlosen Kronen der Bodengewächse und schimmerte durch die kahlen Äste der jungen Bäume, die im Schein schwache Schatten auf die Schneefelder warfen. Weit mehr als drei Fackeln vermochte ich rasch zu zählen … doch war keine Furcht mehr in mir ob der Umstände … keine Angst und kein Grauen.

Es handelte sich um meine Familie.

Keine Banditen, keine Eiswölfe, keine Wesen des Waldes.

Kaldgrani hatte in seinen Worten weise gedeutet, um welcherlei Gestalten es sich dort in Waldestiefen wohl handeln mochte und *wer* da laut meinen Namen in frostigen Wolken durch die Julnachtluft stieß. Obgleich ich nicht um die Identität der anderen Fackelträger wissen konnte, erahnte ich instinktiv eine asische Patrouille mit Männern der Höll.

Männer, die Sífs Befehl unterstanden und des reinen Zufalls wegen ihre Patrouillenroute nahe an Thrymheim führten.

Sie suchten mich.

Alle suchten sie mich.

»Ich bin hier!«, raunte ich den Silhouetten entgegen und fuchtelte mit meinen Händen auf und nieder. »Mutter, ich bin hier!«, rief ich laut.

Die dunklen Gestalten erstarrten augenblicklich zu Frostskulpturen ihres Selbst, hielten einen Augenblick die Stille des Lauschens und raunten sich dann Worte ohne Sinnlaute zu. Beinahe glaubte ich im Augenblick meines

Schocks, eine weibliche Form mit erhobenem Finger zu sehen … und einen schlanken Schatten ähnlicher Größe, der neben ihr stand und die Geste mit den Armen abwehrte.

Auch ohne Farben wagte ich, in den Scherenschnittgestalten vor den flackernden Lichtern meine Mutter und meinen Vater zu sehen … zu sehen, wie sie ihn für seine Unaufmerksamkeit rügte … zu sehen, wie er die aufgebrachte Gemahlin beschwichtigte … und die einzige Furcht in meinem Herzen war die, jene Gesten und die Distanz zwischen den beiden Eltern am eigenen Leibe zu spüren zu bekommen.

»Frey!« Das verzweifelte Rufen meiner Mutter durchdrang die Stille der Wipfel wie die Klinge eines jotischen Dolches. »Frey! Bist du das?! Frey!«

Eines der Fackellichter purzelte ohne Vorwarnung in den Schnee und erlosch wie eine Kerze im Winde der Weiten, als die Eisriesin mich in der Ferne erkannte und die letzten dreihundert Meter sprintend zurücklegte. Die Frauensilhouette flog förmlich über die weißen Felder, erreichte mich im Bruchteil eines Herzschlags und offenbarte ihre Farben, als Mutter mich weinend vom Boden auflas. Die Tränen hatten ihre Augen in wässrige Spiegel verwandelt und ihre Lider waren durch die vergangenen Sorgen verquollen.

Sie drückte mich an sich.

An meiner Wange spürte ich ihren rasenden Herzschlag, die unleugbare Verzweiflung in den erstickten Atemversuchen und die Schluchzer, die ungehemmt ihrer Kehle entstiegen. Niemals zuvor hatte ich so viel Furcht in ihrer Miene gelesen und niemals zuvor unter solch einem schlechten Gewissen gelitten. Ich erwiderte die Umarmung, obgleich ich um die Sinnlosigkeit dieser Geste wusste.

Meine Schuld …

Meine Schuld!

»Oh Hel, es tut mir so furchtbar leid, Mutter. Es tut mir leid! So leid! Das musst du mir glauben!«, schniefte ich in ihren blauen Mantel und vergrub meine Hände im Thrymfuchsfellkragen. »Aber ihr habt mir doch die Geschichte von Kaldgrani erzählt und erwähnt, dass der Hirsch ab heute hungern muss! Ich konnte ihn doch nicht alleine hier lassen!«

Das weiße Haar der Eisriesin fiel wie ein Vorhang über mein Haupt, als sie mich noch fester an sich presste und meine Stirn mit einem nie enden wollenden Kuss bedachte. Ihre Schluchzer erstickten in der innigen Geste und schüttelten ihren Körper mit Krämpfen, sodass ich die Anwesenheit der anderen Personen kaum mehr wahrnehmen konnte.

Da gab es bloß *sie*. Sie, die sie weinte.

Sie, deren Tränen meinen weißen Schopf fast durchnässten und sich auf meiner Kopfhaut eiskalt anfühlten.

»Oh Nornen!«, war der erste Laut, den sie verständlich artikulierte. »Oh Nornen! Ich dachte, ich hätte dich auf immer verloren!«

Schritte ertönten in kreisförmigem Abstand um unsere Körper, als die unschlüssigen Männer nun doch an die weinende Frau mit ihrem Kind herantraten und einen Vanen aus ihren Reihen lösten. Ich fühlte die Anwesenheit meines Vaters hinter dem Rücken, doch waren keine

Worte aus seinem Mund zu vernehmen. Eine bizarre Stille senkte sich über die Männer und Frauen Ásgards, nähte die Münder der Krieger mit dem Garn der Ergriffenheit und ließ sie vollkommen reglos verharren.

»Frey …«

Njörds Stimme erklang seltsam tonlos.

Der Ausspruch mündete in einem Räuspern, das Schluchzer wie heimlichen Fluch übertönte.

»Wir haben die Soldaten Ásgards sofort über dein Verschwinden informiert und nach der Patrouille im Süden geschickt!«, polterte Mutter an seiner statt laut und quetschte mich förmlich an ihre Brust. »Wir alle haben den halben Thrymwald nach dir durchkämmt und das Schlimmste erwartet, als deine Spuren auf den Eisflächen versiegten. Wie konntest du …? Wie …? Die Sage der Neun ist bloß eine Geschichte. Es gibt keine Hirsche, Frey. Kaldgrani ist bloß Legende.«

Hinter mir knirschte der Schnee unter den Füßen des Vanen, als der Mann sich schwer seufzend zu uns beugte und die Familie in der Umarmung komplettierte. Er drückte Skadis Hand, zitterte wie Espenlaub dabei … doch seine Stimme tränkte sich plötzlich in flüssiges Honiggold, als er sprach.

»Ich bin froh, dass dir nichts geschehen ist, Frey, und dafür will ich den Nornen am heutigen Tage dankbar sein. Du hast nicht in böser Absicht gehandelt. Wir wissen das. Wir sind dir nicht böse, mein Sohn. Wir haben bloß so sehr um dein Leben gebangt, dass deine Mutter auf der Suche tausend Tode gestorben ist und jetzt, da wir dich gefunden haben … Es ist alles gut.«

Njörds Knie bohrten sich langsam in die Schneefläche neben Mutters Füßen und er wischte mir mit der Hand die Tränen aus dem Gesicht. Mit einer geschickten Bewegung löste der Mann seinen Mantel, schwang ihn sich von der Schulter und wickelte ihn um meinen bebenden Körper, während Skadi mich hielt.

Nahezu lautlos glitt Sífs Schnitzmesser aus meiner Tasche.

Die geschwungene Form prägte sich wie ein Stempel in die frisch beschneite Fläche und blieb dort als verheißungsvolles Zeichen des Tages bestehen, blieb als tiefgedrungener Formschatten des Objektes sichtbar – selbst als Skadi das Julgeschenk an sich nahm.

Es war jene Nacht, die mir ein ganz anderes Geschenk vermacht hatte.

Obgleich sie nicht glaubten, obgleich sie nicht sahen … ich hatte dem Winter ins Auge geblickt.

Ja …

Es war Julnacht.

Und in jener Nacht …

… sollte niemand den Glanz des Tränenkristalls auf dem Griff meines Messers wahrnehmen.

~Sarah Skitschak

Über die Autorin

Sarah Skitschak, Baujahr 1998, wohnhaft im Herzen des Elblandes, ist Schriftstellerin bei der Edition Roter Drache und leidenschaftliche Projektleiterin der „Weltentod-Saga". Ihre Liebe zum geschriebenen Wort fand die Berufsautorin in jungen Jahren über die Lyrik, die seither ihren Weg begleitet und auch einen Platz in ihren Romanen findet. In sozialen Netzwerken setzt sie sich für das Miteinander unter Autoren ein.

Besuche Sarah Skitschak im Netz auf:
www.instagram.com/sarah_autorin
www.facebook.com/Weltentodsaga
www.sarahskitschak.com

Bisher von Sarah Skitschak erschienen:

Titel: Weltentod (Weltentod-Saga 1)
Verlag: Edition Roter Drache
September 2019
668 Seiten
inkl. Bonusgeschichte "Alfenblut"

Neue Verlagsauflage des ehemaligen
Selfpublishing-Erfolges vom Januar 2019

Titel: Das Tor am Rande der Welten
Verlag: selfpublished bei BookRix
Juli 2019
Kostenlose Kurzgeschichte
E-Book-Version

Vorschau für 2020 (Auswahl):

Titel: Weltenbrand (Weltentod-Saga 2)
Verlag: Edition Roter Drache
März 2020
ca. 640 Seiten

Erstauflage;
Band 3 (Weltenfrost) folgt im
Herbst 2020 als Abschluss der Trilogie.

»Die knisternden
Flammen züngelten an den
Scheiten empor, tanzten zu ihrer
eigenen Musik, lechzten nach
dem Holz, das sie nährte und
verschwammen beinahe nahtlos
mit dem sonnengefluteten
Gold des Himmels.«

In der Woche vor Jul wird Talaria, das Land der Lichtelfen, von Dunkelelfen angegriffen, die vor hundert Jahren ins Schattenreich Undor verbannt wurden. Nur Tia und ihr Freund aus Kindheitstagen können den Krieg jetzt noch verhindern und das Gleichgewicht zwischen Licht und Dunkelheit wiederherstellen.

Eine Kurzgeschichte von Helena Faye.

SCHNEEFEUERGOLD

HELENA FAYE

»Es war einmal …«

So beginnt ein Märchen für gewöhnlich. Doch dieses Märchen ist anders. Es spielt in einer Welt, die der Unseren nicht unähnlicher sein könnte. Einer Welt voller Magie und Wesen, die wir nur aus Sagen und Legenden kennen. Das Königreich des Lichts, in dem die Sonne am goldenen Himmel steht und in der die Schatten nicht existieren. Ein Land, so hell, wie man es sich kaum vorzustellen vermag. Man sagt, am Ende eines Regenbogens wartet ein Topf voller Gold. In Wahrheit liegt genau dort, wo die farbigen Nebel den Boden berühren, Talaria.

Die Sonne stand hoch am goldenen Himmel und dennoch war es nicht zu heiß. Es war angenehm warm, sodass alles, was in den weichen, fruchtbaren Boden gepflanzt wurde, wachsen und gedeihen konnte. Es war warm genug, um im klaren, fast durchsichtigen Wasser des Talasees baden zu gehen; warm genug, um auf dicke Kleidung verzichten zu können, aber nicht so warm, dass man ins Schwitzen geriet. Die Luft war klar und frisch; stets wehte ein lauer Wind, der sich als warme Brise über das Land legte.

Kurzum – es war perfekt. So perfekt, dass Tia manchmal glaubte, vor Langeweile umzukommen. Wie so oft stand sie an ihrem Fenster im obersten Stock des Südturmes, das mit seidigen Stoffen verhängt war, und blickte auf die immergrüne Landschaft herab. Von dort hatte sie einen wunderschönen Rundumblick über ihr Königreich. Im Osten konnte man das felsige Gebirge erkennen, in dessen Höhlen die Feuergeister lebten. Die rothäutigen, leicht aufbrausenden Elementarwesen hatten sich dort vor Jahrhunderten niedergelassen, blieben meist abseits der sonstigen Bevölkerung Talarias unter ihresgleichen und verließen ihr steinernes Reich nur zu besonderen Anlässen.

Davor erstreckte sich der Talasee, ein heiliges Gewässer, das in der Landschaft lag wie ein glänzender Spiegel. Unter der glatten Wasseroberfläche, an der tiefsten Stelle, waren die Nymphen zu Hause. Obgleich sie als Wasserwesen ihr Element zum Leben benötigten und die Stille des Sees bevorzugten, traf man die Blauhäutigen häufiger an als ihre hitzigen Gegenspieler.

Südlich des Schlosses, direkt unterhalb der hoch am Himmel stehenden Sonne, lag Talìr. Das Dorf, dessen steinerne Häuschen vor allem Magier und Lichtelfen bewohnten, war der belebteste Ort des magischen Landes. Die schmalen Gassen verliefen kreuz und quer zwischen den Gebäuden; wurde ein neues Haus gebaut, kam es nicht selten vor, dass der Weg kurzum einfach umgeleitet wurde. Der König schüttelte immer wieder den Kopf über diese unkonventionelle und leicht chaotische Bauweise, doch Tia war ebendiese sympathisch. Die Dörfler legten kaum Wert auf Ästhetik, sondern dachten pragmatisch und innovativ.

Es gab einen Marktplatz, auf dem täglich frische Speisen und hilfreiche Waren wie Heilkräuter, Kleidung und Werkzeuge angeboten wurden, und der einmal den Mittelpunkt des Dorfes bestimmt hatte. Da südlich immer neue Hütten gebaut worden waren, lag der Platz nun am nördlichen Rand. Im Westen des Landes erstreckte sich der Dryadenwald, ein jahrhundertealter Laubwald, dessen Bäume so hoch wuchsen, dass ihre imposanten Kronen den goldenen Himmel zu berühren schienen. Die dicken, knorrigen Äste wiegten sich sacht im Wind und ihr Blattwerk leuchtete in den schönsten Farben. Da es in Talaria keine Jahreszeiten gab, verloren die Bäume ihre

Blätter nicht. Stattdessen wechselten sie Farbe und Struktur, um jung und frisch zu bleiben. Das Dach des Waldes, der sich meilenweit bis zum Horizont erstreckte, glich einem Meer aus Farben, das hin und her wogte wie die Wellen einer rauen See.

Seufzend wandte Tia den Blick von dem faszinierenden Schauspiel ab. Wie oft hatte sie dessen Schönheit bereits von ihren Gemächern aus beobachtet? Wie oft hatte sie sich nach Abwechslung gesehnt, die der Perfektion ein jähes Ende setzte? Sie wusste es nicht. Was hatte sie auch schon zu tun? Im Palast gab es keine Aufgaben für sie. Als Prinzessin der Lichtelfen bestand ihr Leben im Grunde aus Langeweile und Tristesse. Ihr Vater verbrachte viele Stunden am Tag mit dem Rat der Völker in seinem Ratszimmer. Was genau sie dort tatsächlich taten, vermochte sie nicht zu sagen, denn seit beinahe einhundert Jahren herrschte Frieden im Land. Nachdem die Dunkelelfen ins Schattenreich Undor verbannt worden waren und man mit allen verbliebenen Völkern einen Friedenspakt geschlossen hatte, gab es für das talarische Heer kaum noch etwas zu tun. Hin und wieder mussten die Soldaten einen Streit im Dorf schlichten oder die Kobolde für einen ihrer typischen Streiche zur Rechenschaft ziehen.

Die Königin hingegen hatte es sich zur Aufgabe gemacht, mit ihren engsten Vertrauten einen geeigneten Gemahl für ihre Tochter zu finden. Bei dem Gedanken daran stellten sich Tia unwillkürlich die feinen Härchen an ihren Armen auf. Bereits seit zwei Jahren wurde sie in regelmäßigen Abständen und zu allen sich bietenden Gelegenheiten mit Bewerbern bekannt gemacht, deren

Herkunft ihrer Stellung angemessen waren. Jeden von ihnen kannte sie bereits seit ewigen Zeiten und keiner konnte ihr Herz erwärmen. So sehr ihre Eltern sich auch eine standesgemäße Vermählung wünschten, so legten sie doch Wert darauf, dass sie mit der Wahl einverstanden war. Doch Tia gedachte nicht, dem Werben nachzugeben, denn ihr Herz war bereits gebunden.

Ein Klopfen riss sie aus ihren Gedanken.

»Herein«, rief sie, während sie sich auf der Chaiselongue niederließ, die mitten im Raum stand.

Die zierliche Gestalt ihrer Amme erschien in der Tür.

»Malia«, begrüßte Tia sie entzückt, »wie schön, dich zu sehen. Ich sterbe gleich vor Langeweile.«

Schmunzelnd musterte ihre Vertraute sie. Sie war älter als Tia, wenngleich diese ihr Alter nie erfahren hatte.

»Du langweilst dich jeden Tag«, erwiderte die Lichtelfe amüsiert, bevor sie sich im Zimmer umsah und missbilligend die Nase rümpfte.

Obgleich es bald zur Mittagsstunde schlagen musste, war das Bett noch von der Nacht zerwühlt. Auf dem Nachttisch stapelten sich Bücher aus der Bibliothek. Das Nachtgewand hatte Tia unachtsam über den Stuhl vor dem Schreibtisch geworfen. Das zierliche Tischchen mit den filigranen, durch Ornamente wunderschön verzierten Beinen war ihr liebstes Möbelstück und tatsächlich das einzige, das stets fein säuberlich aufgeräumt war. Kopfschüttelnd musterte Malia ihren Schützling.

»Kind, du musst dich doch irgendwie beschäftigen können«, seufzte sie. »Du bist klug und wissbegierig. Es ist doch kein Leben, das einer Prinzessin würdig wäre, wenn du tagein, tagaus in deiner Kammer sitzt und vor dich hingrübelst.«

Sie begann, die Kissen aufzuschütteln und die Decke glatt zu streichen.

»Was soll ich denn anderes tun?«

Die Ältere unterbrach ihre Arbeit.

»Das weißt du ganz genau«, wies sie sie zurecht. »Geh in den Hof, sprich mit den Soldatenfrauen, spiel mit den Kindern. Dieses Schloss hat mehr zu bieten als deine vier Wände und den tristen Blick aus deinem Fenster. Vermutlich leben hier genug Lichtelfen, um dich ein ganzes Jahr lang zu beschäftigen.«

Sie hatte recht, das wusste Tia. Der Palast war nicht vom Rest des Landes abgeschnitten. Innerhalb der Schlossmauern gab es ein ganzes Dorf, in dem die Soldaten des Heeres mit ihren Familien lebten, und auch die Bediensteten hatten ihre Unterkünfte im äußeren Ring der Burg. Der riesige Innenhof wurde von den Kindern zum Spielen genutzt. Außerdem fanden dort die Truppenübungen des Heeres statt, die immer wieder Zuschauer anlockten. Vermutlich war der Hof der am häufigsten frequentierte Ort innerhalb der Mauern und dennoch reizte er Tia nicht. Sie hatte kein Interesse daran, nichtssagende Gespräche mit den Frauen dort zu führen oder ihren Männern dabei zuzusehen, wie sie in Schaukämpfen ihr Können unter Beweis stellten. Malia kannte die Prinzessin gut genug, um zu wissen, was deren Schweigen bedeutete. Schwer seufzend richtete sie sich auf.

»Dann wollen wir dich mal fertig machen.«

Nach einem ausgiebigen Bad kämmte Malia ihr die Haare. Sie flocht sie zu einem dicken Zopf und steckte sie dann in ein grasgrünes bodenlanges Kleid, das in der Taille mit einer moosgrünen Schärpe geschmückt war. Wie immer hatte sie Tias Einwände, dass diese sehr wohl in der Lage war, sich selbst anzukleiden und zu kämmen, geflissentlich ignoriert. Als sie mit ihrem Werk zufrieden war, lächelte sie warm.

»Denk doch einfach noch einmal darüber nach, was ich gesagt habe«, bat sie, bevor sie das Zimmer verließ.

In Gedanken versunken begab Tia sich durch die mit unzähligen Fenstern versehenen Gänge zum täglichen Mittagessen mit ihren Eltern. Selbst hinter den dicken Mauern des Palastes war jeder Raum lichtdurchflutet. Schon häufig war es vorgekommen, dass Tia sich nach der ihr unbekannten Dunkelheit gesehnt hatte. Im Laufe ihres Lebens war diese Sehnsucht ein steter Begleiter gewesen, der in den vergangenen Jahren beharrlich stärker und drängender geworden war. Wenn der Wunsch nach dem Dunkel sie zu übermannen drohte und durch ihre Adern kroch wie wabernde Schatten, bemühte sie sich, mit Decken und Tüchern die Fenster ihrer Gemächer zu verhängen. Wenn Malia sie dann in ihrer provisorischen

Dunkelheit ertappte, erntete sie missbilligende Blicke. Einmal war der Wunsch nach einem lichtlosen Ort so übermächtig geworden, dass sie sich in die ungenutzten, feuchten Kerker unter dem Palast geschlichen hatte. Damals war es ihr Vater gewesen, der sie entdeckt und ihr – zusätzlich zu der minutenlangen Moralpredigt – eine Woche Arrest auferlegt hatte. In Talaria war die Dunkelheit ein böses Omen; ein Übel, das man erfolgreich aus den Landen getrieben hatte.

Behutsam drückte Tia die silberne Klinke zum privaten Speiseraum der königlichen Familie herab und trat ein. Die Tafel war klein – anders als die reich verzierten Langtische im Thronsaal, in dem Empfänge und große Feierlichkeiten begangen wurden. An der linken Wand erstreckten sich deckenhohe Bücherregale, die – im Gegensatz zur großen Bibliothek im Ostflügel – niemandem außer den Herrschern und deren Vertrauten zugänglich waren. In der Ecke rechts neben der Tür war eine große Feuerstelle eingelassen, die den Temperaturen geschuldet jedoch nie in Betrieb war. Unwillkürlich schoss Tia ein Bild von einer dunklen Winternacht in den Kopf, in der sie in eine dicke Decke gehüllt mit einem Buch vor dem prasselnden Feuer saß. Kopfschüttelnd vertrieb sie den Gedanken und wandte ihren Blick dem Königspaar zu, das bereits auf sie wartete. Der König saß am Kopf der Tafel, seine Frau zu seiner Rechten. Tia war die Sitzordnung bekannt und nahm zu ihres Vaters Linken Platz. Augenblicklich erschienen die Bediensteten und füllten Gläser und Teller mit köstlichen Speisen und Honigwein. Der Duft von geröstetem Brot erfüllte den Raum und mischte sich mit unterschiedlichen Gewürzen und der Süße des Weins.

Nach einer Weile, in der sie schweigend gegessen hatten, räusperte sich der König. In seinem blonden Vollbart, der mit grauen Strähnen durchzogen war und täglich fein säuberlich gestutzt wurde, glänzte das Fett des Bratens. Er tupfte sich mit einem der Tücher, die auf dem Tisch gestapelt worden waren, den Mund ab.

»Wie ihr wisst, findet heute in einer Woche das Julfest statt, an dem wir dieses Jahr außerdem das hundertjährige Bestehen des Friedensabkommens feiern. Ein wichtiges Ereignis, zu dem aus diesem Grund auch die Elementarwesen teilnehmen werden. Das geeinte Königreich ist unsere größte Errungenschaft und die Vorbereitungen für die Feierlichkeiten sind bereits in vollem Gange. Ihr versteht doch die Wichtigkeit dieses Festes, nicht wahr?«

Zwar stellte er diese Frage an sie beide, der Blick aus seinen hellblauen Augen lag jedoch auf seiner Tochter. Sie wusste genau, weshalb. Der Sinn eines solchen Festes hatte sich ihr noch nie erschließen wollen. Die Wintersonnenwende in einem Land zu feiern, in dem die Sonne niemals unterging oder an Kraft verlor, erschien ihr unnötig. Allerdings rührte diese Tradition noch von den Zeiten her, in denen die Dunkelelfen Talaria bewohnt hatten. Damals, so sagte man in den Geschichten, habe es sogar sonnenfreie Wochen gegeben, ganz zu schweigen davon, dass die Sonne des Nachts von der Dunkelheit abgelöst worden war. In Gedenken an den bestehenden Frieden und daran, was sie gewonnen hatten, feierten sie die Wintersonnenwende bis heute.

Dann räusperte sich auch die Königin und hielt Tias Blick gefangen. Die Prinzessin wusste, was kommen würde und wappnete sich innerlich.

»Natürlich werden auch einige potenzielle Bewerber anwesend sein«, sagte ihre Mutter ernst, »und dein Vater und ich erwarten, dass du einen von ihnen als Gemahl auswählst.«

Sprachlos starrte Tia sie an, doch die Königin hielt ihrem Blick stand. Noch nie hatten ihre Eltern sie zu irgendetwas gezwungen. Das Herz hämmerte wild in ihrer Brust, ihr Hals fühlte sich trocken an und das Atmen fiel ihr schwer. Fassungslos und hilfesuchend blickte sie ihren Vater an, der jedoch schuldbewusst seinen Kopf senkte.

»Das könnt ihr nicht von mir verlangen«, stieß sie hervor.

Ihre Hände umklammerten krampfhaft die Tischplatte, als wäre sie ihr letzter rettender Anker. Ihre Mutter seufzte, während sie das Besteck mit einem leisen Klirren neben dem goldenen Teller ablegte.

»Es wird Zeit. Du bist bereits volljährig. Wir haben lange genug gewartet.«

Tia spürte heiße Tränen der Wut in sich aufsteigen, die sich brodelnd den Weg in ihre Augen bahnten.

»Ihr habt immer gesagt, dass ihr mir die Wahl lassen würdet«, konterte sie kampflustig.

Sie würde sich nicht einfach mit einem beliebigen Mann liieren lassen, den sie kaum kannte, nur weil es der Tradition entsprach. Doch es war ihr Vater, der antwortete.

»Das reicht jetzt, Tia«, rügte er sie. »Deine Mutter und ich haben dir viele Freiheiten und lange genug Zeit gelassen, einen geeigneten Mann auszuwählen, doch du hast es nicht einmal versucht. Stattdessen hast du in deiner Kammer gesessen und dich gelangweilt. Daher werden wir die Sache nun beschleunigen.«

Er maß sie mit einem seltenen strengen Blick, der Tia in sich zusammensinken ließ. Sie fühlte sich wie ein kleines Mädchen, das ein Stück Kuchen aus der Küche stibitzt hatte und nun für ihre Tat geradestehen musste. Entschlossen straffte sie die Schultern und war bereit, einen letzten Versuch zu unternehmen, die beiden umzustimmen, doch der König gebot ihr mit einer Handbewegung Einhalt.

»Das wird nicht weiter diskutiert. Fünf Söhne hochrangiger Ratsmitglieder werden dir an Jul den Hof machen und ich erwarte am folgenden Tag deine Entscheidung.«

Das Herz rutschte Tia ein Stockwerk tiefer und in ihrem Magen bildete sich ein Eisklumpen, dessen Kälte sich unbarmherzig durch ihre Adern zog. Das konnte unmöglich sein Ernst sein! Wie sollte sie sich innerhalb einer Nacht für einen Ehemann entscheiden, da ihr Herz doch unwiderruflich an jemand anderen gebunden war?

»Solltest du keine Wahl treffen, werde ich diese Aufgabe für dich übernehmen«, fügte ihr Vater hinzu, der die Gedanken seiner Tochter zu erahnen schien. Sein Tonfall ließ keinen Raum für Widerspruch und so stand Tia langsam auf. Ihr Knie fühlten sich an, als bestünden sie aus dem Getreidebrei, den es jeden Morgen zum Frühstück gab, und der Boden unter ihr schien zu schwanken wie die wogenden Baumkronen des Dryadenwaldes.

Noch nie hatte sie ihre eigene Position ausweglöser empfunden als in diesem Moment. Zitternd, ohne ihre

Eltern eines weiteren Blickes zu würdigen, verließ sie den Raum. Mit jedem Schritt, den sie sich von ihnen entfernte, wurde sie schneller, bis sie schließlich rannte, als wären unsichtbare Kreaturen hinter ihr her. Sie hatte die beiden stets als gütige Herrscher und liebende Eltern wahrgenommen, doch die Art und Weise, wie sie ihre einzige Tochter einem Mann zur Frau geben wollten, für den sie keinerlei Gefühle hatte, erschreckte sie zutiefst und ließ ihr bisheriges Leben vor ihrem inneren Auge in tausend winzige Splitter zerspringen.

Ihre Füße trugen sie über die hellen Gänge, als würde sie von unsichtbaren Fäden gezogen. Sie spürte nur, dass sie fort musste, um ihre Gedanken zu sortieren, die wie Laub im Wind durch ihren Kopf wirbelten. Sie ließ die imposante Empfangshalle hinter sich und jagte über den Innenhof, in dem die Truppenübungen gerade ihr Ende fanden. Der gelangweilte Wachmann am Tor erspähte sie bereits von Weitem und öffnete ihr bereitwillig die schwere Holztür. Erst als das Tor hinter ihr ins Schloss fiel, blieb sie schwer atmend stehen.

Die Tatsache, das Schloss verlassen zu haben, erfüllte sie mit Leichtigkeit und die Erleichterung umhüllte sie wie eine weiche Decke. Sie atmete ein paar Mal tief durch, füllte ihre Lungen mit der frischen Luft der Freiheit, schmeckte das saftige Grün der Wiesen, roch die würzigen Düfte, die der Wind aus dem Dorf zu ihr trug, spürte die warmen Strahlen der Sonne auf ihrer Haut, die sie zu umschmeicheln und zu liebkosen schienen. Und trotz der trüben Gedanken, die sich unerbittlich in den Vordergrund zu drängen bemühten, lächelte sie. Es war schon viel zu lange her, dass sie die Mauern des Schlosses hinter sich gelassen hatte.

Das Leben pulsierte durch sie hindurch wie die Magie der Dryaden durch die Adern der Bäume. Schnellen Schrittes strebte sie in Richtung Talír, dessen weiß getünchte Häuser unter dem honigfarbenen Himmel leuchteten wie das magische Schimmern eines Traumes. Tia kam nicht umhin, die Schönheit ihres Landes erneut zu bewundern, dennoch wurde ihr Wunsch nach Veränderung immer mächtiger und drängender. Wie ein Vogel nistete sich die Sehnsucht nach etwas Neuem in ihrem Herzen ein – ohne die Absicht, es wieder zu verlassen.

Je näher sie den steinernen Hütten kam, desto drückender wurde die Ruhe, die sie umgab und die ihr bis eben nicht aufgefallen war. Noch nie hatte sie das Dorf so ruhig erlebt, oder trog die Erinnerung? Es schien, als wollte die allgegenwärtige Stille ihr etwas zuflüstern, sie warnen. Der sonst angenehm warme Wind umspielte ihr dünnes Kleid und zerrte mit eisigen Klauen an ihren Haaren. Sie fröstelte. Abrupt blieb sie stehen. Angst legte sich wie die Hand eines Trolls um ihr Herz und drückte zu. Es war kalt! So kalt, dass sie sich mit beiden Händen über die nackten Arme rieb.

Und dann hörte sie Schreie. Keine Rufe oder das Lärmen einer feierlichen Zusammenkunft der Dorfbewohner, sondern panische und markerschütternde Schreie, die Tia bis ins Mark trafen. Wie erstarrt verharrte sie reglos wie ein Wasserspeier und lauschte mit hämmerndem Herzen den angsterfüllten Lauten. Dann sprintete sie los, folgte den Stimmen durch das Labyrinth der engen Gassen. Links abbiegen, rechts, dann noch einmal rechts – Schreie! Panik erfüllte jeden Zentimeter ihres Körpers, die Schreie vibrierten in ihrer Brust wie das Trommeln des näherkriechenden Todes. Sie bog um die nächste Ecke und kam schlitternd zum Stehen. Der Anblick, der sich ihr bot, übertraf ihre schlimmsten Befürchtungen. Am Boden der Gasse schimmerten dunkelrote Pfützen wie verschütteter Süßbeerensaft. In den größer werdenden Lachen lagen drei Lichtelfen, zwei Frauen und ein Kind. Es sah beinahe aus, als würden sie schlafen, wäre da nicht das klebrige Blut, das ihre helle Kleidung und die bleichen Gesichter besudelte. Über den Toten standen zwei riesige Gestalten und wischten die blutgetränkten Dolche an den Ärmeln ihrer grauen Uniformen ab, als wäre es lediglich Farbe.

Tia entwich ein Würgelaut, der die Aufmerksamkeit der grauenhaften Fremden erregte. Grunzend wandten sie ihr die hässlichen, breiten Gesichter zu, die zu boshaft grinsenden Fratzen verzogen waren. Ihre Haut war so grau wie die Kleidung, die sie trugen, und die Schädel kahl.

»Was haben wir denn da?«, schnarrte der Linke.

Seine schwarzen Augen blitzten so bösartig, dass Tia unwillkürlich einen Schritt zurück wich.

»Ein hübsches Opfer«, fügte der Zweite hinzu und ließ ein grausames Lachen erklingen, das ihr einen Schauer über den Rücken jagte.

Das Herz schlug ihr bis zum Hals, während sie verzweifelt einen Ausweg suchte. Wie zwei Raubkatzen pirschten die Hünen sich an sie heran und grinsten siegesgewiss. Tia erkannte augenblicklich die Ausweglosigkeit ihrer Situation und doch scherten ihre

Instinkte sich nicht darum, ließen sie herumwirbeln und die Flucht ergreifen.

»Lauf nur«, hörte sie einen ihrer Verfolger rufen. »So macht es viel mehr Spaß.«

Das grauenerregende Lachen verfolgte sie, während sie panisch durch die schmalen Gassen jagte und sich verzweifelt um Orientierung bemühte. Immer schneller trieb die Angst sie voran, bis ihr beinahe schwarz vor Augen wurde. Plötzlich stieß sie mit etwas zusammen, das ihr die Luft aus den Lungen presste und sie zu Boden warf. Aus. Vorbei. Zitternd hockte sie auf den Steinen, lauschte den donnernden Schritten der Angreifer, die erbarmungslos auf sie zupolterten.

»Da bist du ja«, grölte einer von ihnen so dicht hinter ihr, dass ihr ein leises Wimmern entwich.

»Das reicht!«, ertönte plötzlich eine männliche Stimme unmittelbar vor ihr, sodass sie vor Schreck zusammenzuckte und ihr Herzschlag sich noch mehr beschleunigte. Dann erst registrierte Tia die schwarzen Stiefel, die vor ihr standen und dessen Besitzer ihre Flucht jäh beendet hatte. Das laute Schnaufen der Kreaturen hinter ihr fraß sich tief in ihre Seele und schürte ihre Angst ins Unermessliche. Sie wurde grob am Arm gepackt und auf die Füße gezogen.

»Ich habe euch gesagt, dass ihr nicht sinnlos mordend durch das Dorf marschieren sollt!«

Obwohl er nicht schrie, hallte jedes seiner Worte in Tias Kopf wider.

»Aber sie haben sich gewehrt«, verteidigte einer ihr Handeln.

»Und ihr habt gedacht, die Bewohner von Talaria würden sich einfach ohne Gegenwehr in ihr Schicksal ergeben und euch womöglich noch dafür danken, dass ihr sie von ihrem weltlichen Schmerz erlöst.«

Die Stimme des Mannes triefte vor Sarkasmus. Er hielt noch immer Tias Arm, wofür sie in einer merkwürdig verqueren Logik dankbar war, denn sie hätte nicht zu sagen vermocht, ob ihre Beine sie trügen.

»Der Befehl lautete, möglichst unauffällig das Dorf einzunehmen und Gefangene zu machen. Niemand sagte etwas darüber, willkürlich mordend durchzumarschieren. Unser Ziel ist das Schloss und der König, nicht die hilflosen Dörfler. Also geht jetzt und tut, was von euch verlangt wird.«

Seine Worte hatten Tia schockiert; sie zitterte mittlerweile unkontrolliert, während ihre Gedanken sich gleich einem Strudel immer nur um die Sicherheit ihrer Eltern drehten.

»Aber das Mädchen«, wagte eine der dunklen Kreaturen wahrhaftig noch einen Versuch, wurde aber sofort unterbrochen.

»Um das Mädchen kümmere ich mich. Und jetzt haut ab, bevor ich mich vergesse.«

Der Befehl war unmissverständlich und Tia, die es nicht gewagt hatte, den Kopf zu heben und ihren Widersachern in die Augen zu sehen, hörte erleichtert auf ihre Schritte, die sich schlurfend entfernten.

»Verdammte Steinmenschen«, fluchte ihr Retter unterdrückt, ließ ihren Arm los und drehte sich zu ihr.

Zögerlich wagte auch sie, einen Blick zu riskieren. Sie starrte in tiefbraune, fast schwarze Augen, die sich erschrocken weiteten.

»Tia?«, stieß der Mann verblüfft hervor.

Perplex betrachtete sie ihn genauer. Seine schwarzen Haare hingen ihm tief in die Augen, er hatte sich seit ein paar Tagen nicht rasiert und zwischen der geraden Nase und den vollen Lippen entdeckte sie eine kleine Narbe, die er sich beim Stockkampf mit ihr zugezogen hatte. Schockiert schnappte sie nach Luft, ihr Herz stotterte kurz, bevor es mit doppelter Geschwindigkeit weiterschlug. Ihre Handflächen begannen zu schwitzen und trotz der Kälte, die mittlerweile um sie herum war, durchströmte sie wohlige Wärme, die sich bis in die Fingerspitzen ausbreitete.

»Gaël?«

Das konnte unmöglich wahr sein! Vor ihr stand ihr Freund aus Kindertagen. Wie viele Stunden hatten sie gemeinsam damit zugebracht, durch die Gegend zu streifen und das Königreich zu erkunden, oder im Innenhof des Schlosses den Truppenübungen beizuwohnen? Bis einer der königlichen Berater herausgefunden hatte, dass er aus einer unerlaubten Verbindung seines Vaters mit einer Dunkelelfe entstanden war. Er und seine Mutter waren nach den Gesetzen des Landes nach Undor verbannt worden, sein Vater hatte seine Stellung am Hof verloren. Niemand wusste, dass Gaël der Grund dafür war, dass Tia außer Stande war, ihr Herz an einen anderen Mann zu verschenken. Sie hatte es vor vielen Jahren an den Jungen verloren, der in dieser Gasse vor ihr stand und es war in tausend winzige

Scherben zersprungen, als man ihn fortgebracht und sie für immer getrennt hatte. Ungläubig starrte sie ihn an; der Mund war zum Sprechen geöffnet, doch kein Ton kam über ihre Lippen.

»Wieso bist du nicht im Palast?«, fragte Gaël, der sie mit noch immer vor Schreck geweiteten Augen ansah und sie mit seinen Worten aus ihrer Starre riss.

»Wieso bist du nicht in Undor?«, fragte sie zurück, da ihr bewusst wurde, dass seine Anwesenheit in Talaria gegen das Gesetz verstieß. Sein bisher offenherziger, wenngleich überraschter Gesichtsausdruck wurde kalt und undurchdringlich. Er presste die Lippen fest aufeinander und die Kiefermuskulatur arbeitete, als hätte er die Bedeutung ihrer Frage genau verstanden.

»Was tust du hier?«, flüsterte sie, doch fürchtete sie seine Antwort.

Gaël straffte die Schultern.

»Die Zeiten haben sich geändert. Das Volk von Undor strebt nach Macht. Dem Land fehlt es an Licht und Wärme. Wir holen zurück, was einst uns gehörte.«

Die Art und Weise, wie er *wir* sagte, ängstigte Tia. Sie spürte ein Kribbeln im Nacken, das sie vor der präsenten Gefahr zu warnen versuchte.

»Lass mich gehen«, wisperte sie verzweifelt.

Ihre Stimme kratzte und brach.

»Das geht nicht. Wir haben einen Plan und wir werden uns daran halten. Komm, ich bringe dich zu Moku.«

Irritiert folgte sie ihrem ehemals bestem Freund, der sich umgedreht hatte und schnellen Schrittes die Gasse entlanglief, zurück in die Richtung, aus der sie vor einiger Zeit gekommen war.

»Wer ist Moku?«, fragte sie atemlos, während sie versuchte, mit seinem stechenden Schritt mitzuhalten.

Ohne das Tempo zu drosseln, den Blick starr auf den Weg vor ihnen gerichtet, antwortete er:

»Moku ist unser Anführer. Er war damals einer der ersten Dunkelelfen, die dem Friedensabkommen zum Opfer gefallen waren und widmete sein tristes Dasein in Undor dem Einzigen, das ihm blieb. Hoffnung und Rache.«

Kälte legte sich um Tias Herz, die nichts mit den sinkenden Temperaturen um sie herum zu tun hatte. Wo war nur der nette, lustige Junge, mit dem sie ihre Kindheit verbracht hatte? Dieser neue, ihr unbekannte Gaël war kalt und verbittert. Fieberhaft suchte sie in den wilden Gedankenfetzen, die durch ihren Kopf schwirrten, nach einer Möglichkeit, ihre Eltern zu warnen, doch als sie die offenen Tore in der Schlossmauer passierten, schwand jener Funke, der wie eine kleine, aber starke Flamme in ihrer Seele Hoffnung schürte. Von dem Wachmann, der sie hinaus gelassen hatte, fehlte jede Spur und auch der Innenhof war wie leergefegt. Tatsächlich begegneten sie niemandem auf ihrem Weg in den Palast und auch die Gänge waren wie ausgestorben.

Sie betraten den Thronsaal und Tia sah sich augenblicklich unauffällig um. Der Saal platzte aus allen Nähten. Überall standen dunkle Kreaturen, von denen Tia die meisten noch nie gesehen hatte. Sie entdeckte die hünenhaften Steinmenschen, deren kahle Schädel aus der Menge herausstachen wie Felsbrocken in einer Wiese. Zahlreiche Dunkelelfen tummelten sich zwischen den hölzernen Säulen, die bis zur Decke reichten und mit ihren geschnitzten Verzierungen die Geschichte Talarias erzählten. Sie unterschieden sich von Tia und den übrigen Lichtelfen vor allem durch ihr pechschwarzes Haar und die beinahe ebenso dunklen Augen. Über ihren Köpfen schwebten schattenartige Wesen, deren formlose Körper wie schwarze Nebelschwaden an der Decke hingen. Lediglich die rot glühenden Augen fixierten die Umgebung und verliehen ihnen ein furchterregendes Aussehen. Tia hatte das Gefühl, dass es minütlich kälter wurde, und rieb sich mittlerweile ohne Pause über die kühlen und beinahe tauben Arme. Noch nie in ihrem Leben war ihr kalt gewesen und die Kälte, die sie jetzt umfing, beschränkte sich nicht bloß auf ihren Körper, sondern auch auf ihr Herz und ihre Seele, die dem eiskalten Griff ihrer eigenen Panik schutzlos ausgeliefert waren. Gaël griff erneut nach ihrem Arm und zog sie zielstrebig zwischen den feindlichen Kreaturen hindurch, bis sie vor einem hochgewachsenen Dunkelelfen zum Stehen kamen, der auf ihres Vaters Thron saß. Heiße Wut loderte in ihr auf. Was erlaubte sich dieser Unbekannte?

»Wo sind meine Eltern?«, platzte sie aufgebracht heraus, ohne über ihre Worte nachzudenken.

Mit vor Überraschung erhobenen Augenbrauen sah der Elf von ihr zu Gaël, der sich augenblicklich räusperte.

»Moku, das ist Tia, die Prinzessin von Talaria. Ich habe sie im Dorf gefunden, als sie gerade von zwei stumpfsinnigen Steinmenschen gejagt wurde«, erklärte er so pflichtbewusst, dass in Tia Übelkeit aufstieg.

Man merkte, dass er Moku unterstellt war, dessen Augen sofort zu leuchten begannen. Er wandte seinen

Kopf zurück, um Tia aufmerksam zu mustern. Sie bemühte sich, seinem durchdringenden Blick standzuhalten.

»Wo sind meine Eltern?«, fragte sie erneut und mit mehr Nachdruck, schließlich hatte er es noch nicht für nötig befunden, ihr zu antworten.

Gaël entwich ein unzufriedenes Brummen, während Moku erst überrascht aufsah, dann in schallendes Gelächter ausbrach. Irritiert verschränkte Tia ihre Arme vor der Brust und wartete, bis der Anführer der Invasoren sich beruhigt hatte. Mittlerweile waren alle Gespräche im Saal verstummt und sie spürte hunderte Augenpaare auf sich ruhen.

»Ein freches Ding, deine Prinzessin«, stieß er dann atemlos vor Lachen hervor. Dann wurde sein Blick ernst. »Aufsässige Frauen wie du sind in meinem Land nicht gern gesehen«, fügte er hinzu – dieses Mal absolut freudlos. »Es wäre also besser für dich, wenn du schnell lernst, dein loses Mundwerk zu zügeln, *Prinzessin*.«

Das letzte Wort betonte er bewusst, dann wandte er seine Aufmerksamkeit wieder Gaël zu.

»Wir haben das Königspaar in Gewahrsam genommen, ebenso ihre wehrhaften Verbündeten. Die Prinzessin könnte das ideale Druckmittel für eine friedliche Übernahme sein.« Er fuhr sich mit einer Hand durch das markante und stoppelige Gesicht. »Sie gehört dir. Betrachte sie als Trophäe. Nimm sie mit in ihre Gemächer, tu mit ihr was du willst. Aber sieh zu, dass sie vor dem Fest nächste Woche keinen Schaden nimmt.«

Tias Herz schlug ihr bis zum Hals und sie bemühte sich erneut, ihre aufkommende Übelkeit im Zaum zu halten. Sie war also eine Trophäe? Gaël dagegen nickte stumm, die

Lippen wieder fest aufeinander gepresst. Er griff nach ihrem Arm, um sie hinter sich herzuziehen, fort von Moku, der ihr einen bedrohlichen Blick zuwarf und sie indessen trocken schlucken ließ. Gaël führte sie zurück durch die Menge, die ihnen mit Blicken folgte, und nahm den Weg über die südliche Treppe bis hin zu ihren Räumlichkeiten. Der Raum sah noch genauso aus wie ein paar Stunden zuvor und doch hatte sich einfach alles geändert. Unsicher blickte sie sich in ihren eigenen Räumen um, während ihr Begleiter die schweren Stiefel auszog und sie fein säuberlich neben dem Bett abstellte, bevor er sich schwer seufzend darauf niederließ.

Das Oberbett, das Malia am Mittag so liebevoll glatt gestrichen hatte, zerknitterte. Noch immer stand Tia wie angewurzelt in der Tür. Sie wusste nicht, wie sie sich verhalten sollte, sondern wartete auf Anweisungen. Nie zuvor war sie eine Gefangene in ihrem eigenen Zuhause gewesen, wenngleich es sich für sie des Öfteren so angefühlt hatte.

»Möchtest du die ganze Nacht dort stehen bleiben?«, fragte Gaël und riss sie damit aus ihren trübsinnigen Gedanken.

Mit zitternden Händen schloss sie die Eichentür hinter sich und knetete das Kleid zwischen ihren schwitzigen Fingern. Er erhob sich, kam auf sie zu und blieb direkt vor ihr stehen.

»Du brauchst keine Angst zu haben«, murmelte er. »Ich werde dir nichts tun.«

Dann ließ er sich auf der schmalen Chaiselongue nieder und bedeutete ihr, das Bett zu nehmen. Lange Zeit hingen sie beide ihren Gedanken nach, bevor Tia es nicht mehr aushielt.

»Was passiert mit meinen Eltern?«, fragte sie mit brüchiger Stimme.

Die Tatsache, dass diese in den kalten Kerkern in völliger Dunkelheit saßen, brach ihr das Herz. Gaël ließ sich Zeit mit seiner Antwort.

»Wir streben eine friedliche Übernahme an«, erklärte er, nachdem er sich geräuspert hatte. »Das heißt, wenn alles so läuft wie geplant, werden sie frei sein. Sie können im Dorf leben und sich ein neues Leben aufbauen, wie alle anderen auch. Moku wird niemanden verbannen.«

In seinen Worten schwang eine Bitterkeit mit, die Tia Kälte durch die Adern trieb.

»Es soll niemand verletzt werden«, fügte er hinzu.

Die vereisten Adern wurden durch die heißglühende Wut aufgetaut, die sie durchströmte.

»Das hat ja wahnsinnig gut geklappt«, zischte sie.

Bei den Gedanken an das viele Blut in der Gasse jagte ein eisiger Schauer über ihren Rücken. Verzweiflung und Trauer schwappten wie eine Welle über sie hinweg und drohten sie unter sich zu begraben.

»Ein unnötiger Verlust«, erwiderte er so teilnahmslos, dass ihr ein ungläubiges Schnauben entwich.

Unnötig, in der Tat. Und grausam.

Sein Blick wurde weicher und ließ sie einen Augenblick hinter seine Fassade sehen.

»Die Steinmenschen sind schwer zu zähmen. Sie sind von Natur aus grausam, brutal und unberechenbar. Wir können uns glücklich schätzen, dass es nicht mehr Opfer gab.«

Mit einem bedeutungsvollen Blick nickte er in ihre Richtung. Sie wusste, dass er von ihr sprach.

»Danke«, murmelte sie beschämt, wenn auch widerwillig, aber immerhin hatte er ihr mit seinem Eingreifen das Leben gerettet.

Er winkte nur müde ab.

»Keine Ursache. Ich sagte doch, wir wünschen eine friedliche Übernahme.«

Nachdenklich sah Tia auf ihre nackten Füße, die direkt neben Gaëls Stiefeln baumelten. Sie hatte noch nie Schuhe getragen. Keiner der Lichtelfen hatte das – außer den Soldaten natürlich. Ob das in Undor anders war? Oder trug er diese Stiefel nur, weil er ebenfalls ein Krieger war?

»Was waren das für schwebende Schatten in der Halle?«, fragte sie, als die glühenden Augen der wabernden Wolken sich in ihr Gedächtnis zurückkämpften. Neugierig sah sie ihren damaligen Freund an, dessen Gesicht sich augenblicklich verdüsterte.

»Traumgeister.«

Es war offensichtlich, dass er sich fürchtete. Tia wusste genau, warum. Sie hatte Geschichten über diese Wesen gehört; dunkle Legenden über fürchterliche Kreaturen, die ihre Opfer mit den schlimmsten Albträumen quälten und sich an deren Angst labten wie Parasiten. Nicht selten verlor man unter ihrer Folter den Verstand.

»Es gibt sie wirklich?«

Ihre angsterfüllte Frage war nicht mehr als ein Wispern.

Gaël nickte mit starrer Miene. Ob er schon Bekanntschaft mit deren Fähigkeiten gemacht hatte? Sie traute sich nicht, zu fragen.

»Du solltest ein wenig schlafen«, schlug er dann vor. »Es war ein langer und anstrengender Tag.«

Während er sich auf dem schmalen Sofa ausstreckte und seine tiefen, gleichmäßigen Atemzüge schon bald den Raum erfüllten, lag Tia unruhig in den ihr vertrauten Kissen. Ihre Gedanken kreisten um die Geschehnisse des Tages, wirbelten rastlos durch ihren Kopf, der sich anfühlte, als würde er unter dem Druck zerspringen. An Schlaf war nicht zu denken. Immer wieder dachte sie an ihre Eltern, Malia und all ihre Vertrauten, die unter dem Palast in den dunklen Verliesen ausharren mussten. Ängstlich, verzweifelt, ohne eine Ahnung, was in ihrem Königreich gerade geschah. Nach schier endlosen Überlegungen siegte die Müdigkeit und ihr fielen schließlich vor Erschöpfung die Augen zu.

Als sie ein paar Stunden später erwachte, war von Gaël nichts zu sehen. Für einen kurzen Moment keimte Hoffnung in ihr auf, dass sie sich das Ganze nur eingebildet hatte, als sich die Tür zum Waschraum öffnete und der kleine Funken verpuffte.

»Guten Morgen«, begrüßte Gaël sie.

Die Haare glänzten feucht, er trug noch immer seine schwarze Lederuniform und warf ihr ein kurzes Lächeln zu, das Tias Herz zum Stolpern brachte. Es war dasselbe Lächeln, von dem sie seit Jahren Tag für Tag geträumt hatte. Doch so schnell, wie es erschienen war, verschwand es auch schon wieder. Da war er wieder, der düstere, ihr unbekannte Dunkelelf

»Guten Morgen«, grüßte sie ebenfalls, bevor sie mit gesenktem Kopf durch dieselbe Tür verschwand, um sich frisch zu machen.

Zwischenzeitlich hatte man Frühstück gebracht, das Gaël bereits genussvoll probierte. Er bedeutete ihr, zuzugreifen. Da sie seit dem Essen mit ihren Eltern nichts zu sich genommen hatte, nahm sie sich einen Gebäckkringel und biss hinein. Offenbar hatte man den Koch nicht festgenommen, denn das Backwerk schmeckte wie immer. Nussig, buttrig, süß – einfach perfekt. Genüsslich leckte sie sich über die Lippen, als ihr Gaëls amüsierter Blick auffiel. Fragend hob sie die Augenbrauen.

»Ich hätte nicht gedacht, dass dich dieses süße Zeug nach all den Jahren noch immer so begeistert«, erklärte er breit grinsend.

Tias Herz hüpfte erfreut. Er erinnerte sich noch daran!

»Dieses *süße Zeug*«, erwiderte sie, wobei sie diese zwei Worte absichtlich betonte, »ist einfach das Beste, was man hier bekommen kann.«

Die beiden lächelten sich an und für einen kurzen Augenblick war alles wie früher. Dann senkte sich jedoch erneut ein Schatten über sein schönes Gesicht und sie beendeten das Frühstück schweigend.

»Warum wartet Moku bis zum Julfest mit dem Machtwechsel?«, stellte sie dann die Frage, die sie am Abend schon beschäftigt hatte.

Der Dunkelelf lehnte sich zurück. Sein mittlerweile getrocknetes Haar fiel ihm in die Stirn und er wischte es unwirsch zurück.

»Das Julfest ist auch für die Dunkelelfen eine wichtige Tradition«, erklärte er. »Das hat sich in all den Jahren der Verbannung nicht geändert. Moku ist der Meinung, dass dieses Fest das richtige Ereignis ist, um unsere Völker wieder zu vereinen. Alle werden Zeuge unserer Absichten werden und ihn als neuen König akzeptieren, wenn er deine Eltern gestürzt hat. Er wird uns wieder zusammenführen.«

Wie er das sagte, klang es einleuchtend. Mokus Plan würde einen Krieg verhindern. Doch Tia war sich nicht sicher, ob ihr Vater seine Herrschaft einfach lächelnd an diesen Dunkelelfen übertragen würde, der in sein Königreich einmarschiert war. Andererseits hatte er vermutlich keine große Wahl. Wenn dies den Frieden wahren und sein Volk retten würde … Der König war ein friedliebender Elf, der das Wohl seiner Untergebenen über alles stellte. Selbst über das Liebesglück seiner Tochter. Zumindest würde sie jetzt einer arrangierten Ehe entgehen können. Sie bemühte sich, ihre Gedanken wieder auf das Wesentliche zu richten.

»Ich verstehe hier schon nicht, weshalb wir die Wintersonnenwende feiern, obwohl es mir wieder und wieder erklärt wurde«, merkte sie an und betrachtete Gaël neugierig von der Seite. »Aber weshalb feiert ihr es?«

Unter zusammengezogenen Brauen bedachte er sie mit einem nachdenklichen Blick.

»Weil wir die Hoffnung nicht aufgegeben haben. Undor ist tot. Das Land ist kahl und augedörrt. Es herrscht absolute Dunkelheit, die nur durch Fackeln erhellt wird. Der Himmel ist so schwarz wie verbranntes Holz. Keiner von uns hat je wieder die Sonne zu Gesicht bekommen. Das Julfest ist für uns ein Lichtblick. Eine Erinnerung an das, was wir verloren haben und ein Versprechen, dass wir es uns zurückerobern werden.«

Seine Stimme hatte einen bitteren Unterton angenommen. Natürlich, er wusste noch ganz genau, wie es gewesen war, das genaue Gegenteil zu feiern – nämlich die Abwesenheit der Dunkelheit. Tia konnte nicht einmal im Entferntesten erahnen, wie es sein mochte, die Sonne niemals am Himmel stehen zu sehen. Auch, wenn sie der ewigen Helligkeit überdrüssig war, so vermochte sie sich dennoch nicht vorzustellen, in völliger Dunkelheit zu leben. Mitleid für ihren Freund, den man so plötzlich zu solch einem Leben verdammt hatte, und Scham für ihren Vater, der seine Verbannung angeordnet hatte … All dies überrollte sie wie ein Erdrutsch, der unaufhaltsam einen Hang hinabsauste und alles mit sich riss, was sich ihm in den Weg stellte.

»Erinnerst du dich, wie wir damals gemeinsam am Julfeuer saßen und uns darüber lustig gemacht haben, dass die Sonne dabei hoch am Himmel stand?«, fragte sie in einem Versuch, ihn von seinen trüben Gedanken abzulenken. Gaël lachte.

»Oh ja, deine Eltern mussten uns immer ermahnen, das heilige Fest nicht zu stören.«

In dem Moment klopfte es an der Tür und riss sie aus ihren Erinnerungen. Ohne eine Antwort abzuwarten, betrat ein Bediensteter Mokus ihr Zimmer.

»Moku lässt fragen, ob ihr mit ihm speisen werdet«, wandte der Dunkelelf sich an Gaël, der ob dieser unwillkommenen Störung die Stirn kräuselte.

»Richte ihm aus, dass wir hier bleiben. Ich habe Besseres zu tun.«

Fasziniert von seiner Dominanz wartete Tia auf die Antwort des Gesandten, dessen Augen sich auf die Größe von Wagenrädern erweiterten.

»Ihr seid schon seit gestern Abend hier drin«, stellte er fest.

Gaël lächelte mit einem Blick auf Tia.

»Und wir beabsichtigen, noch länger zu bleiben. Und jetzt geh.«

Wieder ein eindeutiger Befehl seinerseits, der Tia unwillkürlich die Frage aufdrängte, welche Stellung er wohl im undorischen Heer bezog.

Als der Fremde das Zimmer verlassen hatte, wandte Gaël sich mit einem amüsierten Grinsen zu ihr um.

»Wo waren wir?«

Damals waren sie beide unzertrennlich gewesen. Sie hatten den Bediensteten dabei zugesehen, wie sie im Innenhof dutzende Julfeuer fachmännisch aufgetürmt hatten. Dabei hatte Gaëls Vater, der als königlicher Schmied am Hof arbeitete, ihnen erklärt, wie wichtig der richtige Aufbau eines solchen Feuers war. Dicke Baumstämme wurden aufgestellt und rundherum von versetzt übereinander gestapelten Scheiten umgeben. Der so entstandene Turm wurde mit dünnen Zweigen und Stroh aufgefüllt. Tia war fasziniert von der Akkuratesse der Männer gewesen, die sich dem Bau der Feuerstellen mit einer Hingabe gewidmet hatten, als hinge das Glück des gesamten Königreiches davon ab. Der Tag der Wintersonnenwende war schon immer ein Tag der Freude und des Glücks gewesen und jeder zelebrierte ihn mit einer Andacht, die Tia nie verstanden hatte. Schon in jungen Jahren war es ihr widersprüchlich vorgekommen, ein Ereignis zu feiern, das ohne die Existenz der Dunkelheit sinnlos erschien. Doch ihren Eltern und den Völkern bedeutete es so viel, dass sie ihre Gedanken stets für sich behalten hatte. Einzig in Gaël hatte sie einen Vertrauten gehabt, der ihre Meinung teilte. Und so hatten die beiden die Zeit der festlichen Vorbereitungen stets dafür genutzt, die Sinnlosigkeit ebenjener zu erörtern und sich über die Ernsthaftigkeit aller anderen zu amüsieren. Lachend waren sie zwischen dem geschäftigen Treiben hindurchgerannt oder den Schlossmauern entflohen, um den Dryadenwald zu erkunden. Da die Naturgeister damit beschäftigt gewesen waren, die abgestorbenen, aussortierten Hölzer zum Palast zu bringen und zu überprüfen, dass ihre wohlbehüteten Schützlinge mit angebrachter Ehrfurcht behandelt wurden, war der Wald still wie sonst nie. Die Energie der Dryaden, die dem Wald sonst Leben einhauchte, war dann nicht zu spüren gewesen und Tia und Gaël hatten sich von der allgegenwärtigen Stille verzaubern lassen. Doch irgendwann hatte die Realität sie wieder eingeholt. Als die Dryaden zurückgekehrt und den Bäumen Magie eingehaucht hatten, waren die zwei Freunde zum Schloss gelaufen, um am Festmahl teilzunehmen. Die königlichen Köche hatten sich jedes Jahr selbst übertroffen und zu dem Anlass stets die köstlichsten Gerichte gezaubert. Der König selbst bestand stets darauf, den ersten von dutzenden traditionellen Julschinken selbst anzuschneiden und damit das Mahl zu eröffnen. Wenn dann alle gesättigt waren, wechselte die Gesellschaft vom Saal auf den Schlosshof, wo eine feierliche Ansprache ihres Vaters folgte. Bedeutete das Julfest vor dem Friedensabkommen noch den Beginn eines neuen Jahres und die Rückkehr der wärmenden Sonne, so erinnerte der Herrscher seine Untertanen seit der Verbannung der Dunkelelfen an das Glück, das ihnen dadurch zuteil geworden war. Wie immer betete er für nie endendes Licht und eine hochstehende Sonne, die ihnen reiche Ernte bescheren würde. Er erklärte, wie viel besser das Leben geworden war. Tia musste eingestehen, dass die gemütliche Atmosphäre an den prasselnden Feuern, die entspannten Gespräche und das andächtige Schweigen sie stets berührten, obgleich es grostesk war, an den wärmenden Feuern zu stehen, während die Sonne wie festgeklebt am Himmel stand und sie zu verhöhnen schien. In diesen Momenten hatte Gaël sie immer angesehen; sein Gesicht spiegelte ihre eigenen Sorgen, denn sie beide spürten, dass der friedlichen Ausgelassenheit etwas Düsteres anhaftete, als bemächtigte sich ein unsichtbarer Schatten dem sonnigen Land. Die unguten Gefühle, die ihrer beider Seelen innewohnten, versuchten sie mit Scherzen zu übertönen. Die knisternden Flammen züngelten an den Scheiten empor, tanzten zu ihrer eigenen Musik, lechzten nach dem Holz, das sie nährte und verschwammen beinahe nahtlos mit dem sonnengefluteten Gold *des Himmels. Doch niemand schien sich daran zu stören, schließlich kannten sie es seit Jahrzehnten nicht anders. Die Jüngeren hatten Talaria als Land des ewigen Lichts kennengelernt und die Älteren lebten bereits so lange Zeit ohne das Dunkel, dass sie sich an ein Leben mit Tag und Nacht oder gar Jahreszeiten schier nicht mehr erinnerten.*

Während die beiden in gemeinsamen Erinnerungen an glücklichere Zeiten geschwelgt hatten, war vor dem Fenster ihres Zimmers die Sonne fast untergegangen und warf ihr rötliches Licht über das Land. Tia sog scharf die Luft ein und sprang fassungslos auf. Gaël folgte ihrem Blick, doch sie hatte nur Augen für die ungewohnte, doch unendliche Schönheit des rosa verfärbten Himmels. Langsam, beinahe andächtig, näherte sie sich ihrem Lieblingsaussichtsplatz, nicht sicher, ob sie sich das Bild, das sich ihr bot, bloß einbildete. Am westlichen Horizont versank die Sonne gerade hinter den Bäumen. Es sah aus, als stünde das Firmament dort in Flammen. Mit jeder Sekunde, die verging, senkte sich der Schleier der Nacht tiefer über das Land. Atemlos beobachtete Tia das Spektakel, das einem ihrer Träume entsprungen schien.

»Wie ist das möglich?«, flüsterte sie ergriffen.

»Durch die Anwesenheit der Dunkelelfen.«

Sie zuckte zusammen, als Gaëls Stimme direkt hinter ihr ertönte; sie hatte nicht bemerkt, dass er ebenfalls ans Fenster getreten war. Und doch war das, was er sagte, einleuchtend. So wie die Lichtelfen das Licht beherrschten, so war die Dunkelheit den Dunkelelfen vorbehalten. Wie die Naturgeister die Elemente beeinflussten, so waren die Elfen für Tag und Nacht, den Sonnenlauf und die Jahreszeiten verantwortlich. Aus diesem Grund hatte man die Dunkelelfen nach Undor verbannt. Man hatte befürchtet, die Kälte des Winters und die Abwesenheit der Sonne würden das Leben in Talaria gefährden. Die Schwärze der Nacht und die kalten Monate waren als Feind der Ernte angesehen worden.

Gemeinsam sahen sie dem Naturschauspiel zu, das sie vollkommen in seinen Bann zog. Nach und nach erschienen funkelnde Lichter am nachtblauen Himmelszelt, von denen Tia bisher nur Abbildungen in Büchern gesehen hatte. Doch an die atemberaubende Schönheit der Sterne, die ihr fröhlich zuzwinkerten, reichte keine von ihnen heran. Gaëls warmer Atem kitzelte ihren Nacken und jagte einen wohligen Schauer über ihren Körper. Er stand so nah, dass sie die Wärme, die er ausstrahlte, an ihrem Rücken spüren konnte. Ihr Herz klopfte so laut in ihrer Brust, dass sie sicher war, man könnte es noch im Dorf vernehmen, und ihr Atem wurde so flach, dass sie sich wie berauscht fühlte. Keiner von ihnen sprach; zu magisch war der Augenblick und zu groß die Spannung, die zwischen ihnen entstand. Wie die Funken der Julfeuer, welche größer und größer wurden, bis sie das Holz vollkommen verzehrten, wuchs die Hitze in Tias Körper, die der aufkommenden Kälte trotzte.

»Ich habe immer mich immer nach der Dunkelheit gesehnt«, gestand sie ihm wispernd, als sie schon glaubte, die Hitze würde sie in Flammen aufgehen lassen. »Meine Eltern konnten das nicht verstehen. Ich habe es ja selbst nicht erklären können. Jetzt verstehe ich es. Es ist so wunderschön.«

Behutsam legte er seine warmen Hände auf ihre Hüften. Schwindel erfasste sie, als hätte sie zu viel Honigwein getrunken. Ihr Herz raste und sie atmete zu kurz und zu hektisch.

»Ich habe mich immer nach dem Licht gesehnt«, raunte er an ihrem Ohr und die Vibration seiner tiefen Stimme pulsierte durch ihre Adern wie die Magie durch die Bäume des Dryadenwaldes.

Er zog sie ein Stück näher, sodass sie sich an ihn lehnen konnte. Seinen kräftigen Herzschlag an ihrem Rücken spürend, schloss Tia überwältigt die Augen. Vergessen war der Anblick der hereinbrechenden Nacht. Der Mann, der all die Jahre ihre Träume beherrscht hatte, hielt sie in seinen starken Armen und sandte mit den streichelnden Berührungen elektrische Impulse über ihre Haut. Bevor sie unter seinen weichen Fingern verrückt werden konnte, löste sie sich von ihm und wandte sich um. Das markante Gesicht lag im Schatten, doch das verbliebene Licht spiegelte sich in seinen dunklen Augen wie die Sterne im Talasee. Gebannt von seinem glühenden Blick war sie unfähig, sich zu regen. Nach einer gefühlten Ewigkeit, in der sie glaubte, nicht genügend Sauerstoff in ihre Lungen pumpen zu können, legte Gaël eine Hand an ihre Wange.

»Ich habe dich so vermisst«, sagte er heiser.

Kein Pergament hätte noch zwischen sie gepasst. Ohne den Blick von ihren geweiteten Augen abzuwenden, senkte er den Kopf und legte seine weichen Lippen sanft auf ihre. All die aufgestaute Sehnsucht explodierte in ihr, bahnte sich ihren Weg an die Oberfläche, sodass sie sich an seinen muskulösen Armen festkrallte wie eine Ertrinkende.

»Du ahnst ja nicht, wie sehr«, brummte er an ihren Lippen.

Seine Worte entfachten das Feuer in ihr erneut und unter dem Sternenhimmel wurde der Kuss intensiver. Ohne den Kuss auch nur eine Sekunde zu unterbrechen, als würden sie von einer unsichtbarer Kraft aneinander gebunden, zog er sie zum Bett und drückte sie sacht hinab Sein Gewicht presste ihren Körper tiefer in die Matratze, doch im nächsten Moment löste er sich und rollte dann von ihr herunter. Während Tia noch darum bemüht war, ihre Atmung zu kontrollieren und die wie wilde Wolken durch den Kopf wirbelnden Gedanken zu ordnen, strich er ihr über die Haare.

»Ich bin froh, dass du hier bist«, flüsterte sie.

»Hier gehöre ich hin«, erwiderte er, als wäre es das Natürlichste der Welt, dass ein geächteter Dunkelelf im Bett neben der Prinzessin der Lichtelfen lag.

Ja, als wäre es das tatsächlich, lächelte Tia.

»Das tust du.«

Die restliche Nacht lagen sie nebeneinander, sahen sich in der Dunkelheit schweigend an. Seine Finger spielten mit ihren Haaren, bis sie beide schließlich einschliefen.

Ein lautes Klopfen riss Tia aus ihrem traumlosen Schlaf. Neben ihr regte sich Gaël und entlockte ihr ein Lächeln. Als es erneut klopfte, sprang er plötzlich hellwach aus dem Bett. Seine Haare standen ihm wild vom Kopf ab und ließen ihn jünger wirken. Eilig durchquerte er den Raum, um die Tür zu öffnen. Tia konnte den Besucher nicht erkennen, doch bevor sie dem Gespräch lauschen konnte, schloss Gaël die Tür bereits wieder. Sein ernstes Gesicht beunruhigte sie so sehr, dass sie die Decke wie einen schützenden Kokon um sich wickelte.

»Ist etwas passiert?«

Nachdenklich schüttelte er den Kopf und fuhr sich mit beiden Händen durch die verwuschelten Haare.

»Ich bin mir nicht sicher. Moku hat eine Notfallbesprechnung einberufen.«

Unruhig knetete Tia ihre Decke bei der Erwähnung des dunklen Elfen. Mit ein paar Schritten war Gaël bei ihr und legte beruhigend die Hände auf ihre.

»Keine Sorge, es wird schon nichts Ernstes sein. Am besten machen wir uns fertig und sehen direkt nach, was er möchte.«

Gemeinsam liefen sie durch den Palast, der so still dalag, dass sie das Lied des Windes hören konnte, der durch die offenen Fenster pfiff. Im Thronsaal wartete Moku bereits mit einem Dutzend uniformierter Krieger, die teilnahmslos vor sich hin starrten. Der Blick des Anführers war unstet, die Augen glasig, ganz anders als das klare Braun von vor zwei Tagen. Über ihren Köpfen schwebten zwei Traumgeister, deren stechende rote Augen Tia zu folgen schienen.

»Da seid ihr ja«, begrüßte Moku sie, die Stimme monoton.

Die Anwesenheit ihrer Feinde behagte Tia überhaupt nicht. Daran änderte auch Gaëls Präsenz nichts.

»Was gibt es?«, fragte dieser betont lässig, doch sie konnte seine Anspannung spüren.

Irgendetwas war anders. Sie spürte das Böse wie einen unsichtbaren Schatten, der gleich einer Wolke über ihnen schwebte und Licht und Wärme absorbierte, bis nur noch Kälte und Leid übrig blieben. Die Härchen auf ihren Armen stellten sich auf und sie blickte sich nervös um.

»Die Pläne haben sich geändert«, kam Moku dann zur Sache.

Gaël versteifte sich neben Tia und, als wäre sie sein Spiegelbild, tat sie es ihm gleich. Die Emotionen schwappten über sie wie Wasser über einen Stein und drohten, sie unter sich zu begraben. Angst schnürte ihr die Luft ab.

»Wir haben uns gestern beraten, während ihr eure traute Zweisamkeit genossen habt. Ein Misserfolg ist nicht akzeptabel. Deshalb wird es keinen Frieden geben.«

Tias Herz setzte aus.

»Was?«

Noch während seine Worte in ihr Bewusstsein sickerten wie Regen in lehmigen Boden, fuhr Moku bereits fort.

»Wir können es nicht riskieren, nach Undor zurückgeschickt zu werden, falls etwas schief läuft. Aus diesem Grund wird das Königspaar und alle, die sich gegen uns auflehnen, am Morgen von Jul hingerichtet.«

Eisige Klauen legten sich um ihr Herz, drohten es zu zerquetschen, während die Kälte durch ihre Adern kroch und sie lähmte.

»Das könnt ihr nicht machen«, hörte sie sich selbst wispern, doch Moku lachte freudlos auf.

»Was wir können und was nicht, das lass mal meine Sorge sein, Prinzessin«, zischte er und für einen Moment blitzten seine Augen auf. »Du kannst froh sein, dass ich dich Gaël zum Geschenk gemacht habe und du damit diesem Schicksal entgehen wirst.«

Plötzlich aufkommende Wut, heiß wie Feuer, vertrieb die Kälte in ihren Adern, loderte auf und brach aus ihr heraus.

»Du verdammter Irrer!«

Mit einem markerschütternden Schrei stürzte sie sich blind vor Wut auf den überraschten Elfen, bevor Gaël sie zurückhalten konnte. Wie von Sinnen trommelte sie mit den Fäusten auf ihn ein, bis zwei starke Arme sie von ihm herunter zogen. Sie schlug wild um sich; heiße Tränen rannen ihre Wangen hinab.

»Tia, beruhige dich.«

Seine Worte erklangen gedämpft, das Blut rauschte in ihren Ohren. Und Moku – lachte. Er lachte und lachte, so lange, bis Tias Wut schließlich Erschöpfung und unbändiger Trauer und Verzweiflung wich.

»Sperrt sie in den Kerker.« Sein Lachen erstarb und er sah hasserfüllt zu ihr herab. »Aber alleine. Sie wird ihre Eltern vor deren Tod nicht mehr zu Gesicht bekommen.«

Er lehnte sich zu ihr. »Ich hatte dich gewarnt, Prinzessin, dass ich keinen Ungehorsam dulde. Ein paar Nächte sollten dich wieder zur Vernunft bringen, sonst überlege ich mir deine Begnadigung vielleicht noch einmal.«

Zwei dunkle Krieger entrissen sie Gaëls Armen. Ihre Gegenwehr war dumpfer Taubheit gewichen und sie ließ sich von ihnen die Treppe hinab in ein Verlies führen. Noch bevor die vergitterte Tür hinter ihr geschlossen wurde, sank sie wie ein Häufchen Elend an der feuchten Wand hinab. Jegliche Kraft hatte ihren Körper verlassen, als wäre sie vom Wind fortgeweht worden. Sie hatte sich in den Dunkelelfen geirrt, hatte sich von ihrer Aufrichtigkeit blenden lassen. Sie hatte tatsächlich geglaubt, dass es möglich wäre, Seite an Seite zu leben. Stattdessen hatte sie sich von Gaëls Worten täuschen lassen, hatte ihm vertraut, weil es sich richtig angefühlt hatte. Für ihre Naivität mussten ihre Eltern nun sterben, während sie an der Seite dieser Monster weiterleben würde. Verzweifelt vergrub Tia das Gesicht in den Händen. Tiefe Schluchzer erfüllten die Dunkelheit, schüttelten sie, bis sie schließlich in einen unruhigen Schlaf glitt.

Donner grollte, Blitze zuckten durch die Finsternis, schwarze Wolken tobten über den nächtlichen Himmel. Grausenerregende Schreie erfüllten die Stille, wurden vom Wind getragen wie Blätter im Sturm. Tia stand inmitten dieser chaotischen Welt. Bäume und Sträucher standen lichterloh in Flammen. Der Dryadenwald brannte! Verzweifelt blickte sie um sich, suchte nach Wasser, um die heiligen Bäume zu löschen, doch sie konnte sich nicht bewegen. Fest verwurzelt hafteten ihre nackten Füße an der Erde und ließen sie machtlos ansehen, wie ihre Heimat den verheerenden Flammen zum Opfer fiel. Die Schreie wurden lauter, so laut, dass sie sich die Ohren zuhielt. Die kreischenden Todesschreie der sterbenden Dryaden erschütterten sie bis ins Mark, bohrten sich tief in ihre Seele. Heiße Tränen brannten in ihren Augen, als das Bild verschwamm und sie sich plötzlich mitten im Dorf wiederfand. Auch dort züngelten Flammen, fraßen sich durch die hölzernen Dächer. Wieder Schreie. Lichtelfen rannten wild durcheinander, gejagt von Steinmenschen, die lachend ihre Dolche schwangen. Reglos, als hielte sie eine unsichtbare Macht gefangen, stand Tia da; Tränen verschleierten ihre Sicht. Überall bedeckte Blut die Steine und selbst die Hauswände sahen aus, als hätte man sie damit getüncht. Überall lagen Tote. Verletzte krochen im verzweifelten Versuch, ihren Angreifern zu entkommen, über den Boden und

hinterließen dunkel schimmernde Spuren. Wieder verschwamm das Bild. Der Talasee lag ausgetrocknet vor ihr. Kein Wasser, das die Sonne spiegelte, nur trostloser Sumpf, in dem Fische um ihr Leben zappelten. Die Nymphen lagen aufgeschlitzt am schlammigen Grund und waren mit ihrem eigenen blauen, dickflüssigen Blut überzogen, das im schwachen Licht wirkte wie zerquetschte Beeren. Eiseskälte überkam Tia mit einer Wucht, die sie in die Knie zwang, doch bevor sie sich beruhigen konnte, verschwamm das Bild erneut und sie stand im Schlosshof.

Riesige Steinmenschen umzingelten ihre Eltern, Malia und einige Vertraute, die alle ausgezehrt und unterernährt schienen. Die Augen lagen tief in ihren Höhlen, die Wangen waren eingefallen. Die Gesichter waren schmutzig und blutig geschlagen worden. Man hatte sie gefoltert! Demütig knieten sie vor den Kreaturen, weinten und winselten um Gnade. Tia rannte auf sie zu, kam jedoch kein Stück näher. Sie lief auf der Stelle, ohne sich vorwärts zu bewegen. Frustriert schrie sie auf. Furcht fraß sich in ihr Herz, nistete sich dort ein und drückte unbarmherzig zu. Schmerzerfüllt heulte sie auf, biss sich auf die Lippe, bis sie Blut schmeckte. Da erhob die größte der Bestien ihr Schwert und schlug ihrem Vater den Kopf ab. Grauen erfüllte sie, schüttelte ihren gesamten Körper, als er mit einem dumpfen Schlag zu Boden fiel, ließ sie schreien und weinen und betteln und schluchzen. Mit einem weiteren Schlag fiel auch der Kopf ihrer Mutter, der auf sie zurollte – die Augen weit aufgerissen, der Mund zu einem stummen Schrei geöffnet. Tia kreischte auf, schrie vor Angst und Verzweiflung; Kälte und Übelkeit legten sich wie ein Tuch über ihren Körper. Sie schrie und schrie und schrie, konnte den Blick nicht abwenden, als der Steinmensch das blutgetränkte Schwert ein drittes Mal hob.

»Das reicht jetzt«, vernahm sie durch den Nebel eine vertraute Stimme.

Zitternd setzte Tia sich auf. Ihre Glieder waren steif und eiskalt, die Wangen tränennass, die Lippen spröde und ihr Hals fühlte sich trocken an und schmerzte. Hatte sie geschrien? Die grausigen Bilder noch immer in ihrem Kopf, das Herz fühlte sich an, als wäre es in tausend Splitter zersprungen, bemühte sie sich, Traum und Realität voneinander zu trennen. Sie war noch immer in der Zelle. Erschrocken zuckte sie zusammen, als die Zellentür sich mit einem lauten Quietschen öffnete. Helles Licht flutete den kleinen Raum, sodass sie sich schützend die Hand vor die Augen hielt.

»Tia«, rief Gaël besorgt.

Er stürmte auf sie zu und schmiss sich vor ihr auf die Knie. Mit warmen Händen strich er ihr verschwitztes Haar zurück.

»Es ist alles in Ordnung«, murmelte er beruhigend. »Es ist

vorbei.«

Zu schwach, um ihm zu antworten, ließ sie sich auf die Füße ziehen. Den gesamten Weg bis zu ihren Gemächern stützte er sie und drückte sie dann behutsam auf ihr Bett.

Die Stirn sorgenvoll in Falten gelegt, betrachtete er sie, doch bevor einer von ihnen etwas sagen konnte, klopfte es und Moku trat ein. Ernst blickte er auf Tias zusammengesunkenen Körper herab.

»Ich hoffe, ich habe meinen Standpunkt deutlich gemacht, Prinzessin«, sagte er leise und wirkte unendlich bedrohlich. »Ich lasse euch gleich etwas zu essen bringen. Aber merk dir meine Worte: Ich dulde keinen Ungehorsam. Noch einmal wirst du nicht so glimpflich davonkommen.«

Damit wandte er sich um und ließ sie wieder alleine.

Gaël seufzte tief.

»Ich hab mir wirklich Sorgen um dich gemacht. Immer wenn ich nach dir gesehen habe, hast du dich am Boden gewunden und geschrien. Es hat mir das Herz gebrochen, dir nicht helfen zu können.«

Da Tia sich nicht mehr sicher war, ihm wirklich trauen zu können, rückte sie ein Stück von ihm ab.

»Wie lange war ich dort unten? «, fragte sie heiser.

Jetzt, da sie wieder einigermaßen klar denken konnte und die Schrecken der Traumbilder sie aus ihren Klauen entlassen hatten, schmerzte ihr Magen vor Hunger.

»Drei Nächte«, antwortete er mit bebender Stimme.

Schockiert riss die die Augen auf.

»Ich hatte furchtbare Träume«, flüsterte sie und spürte das heiße Brennen der Tränen, die sich erneut einen Weg in ihre Augen bahnten.

»Ich weiß«, wisperte Gaël, »das lag an dem Traumgeist vor deiner Zelle. Es ist Mokus Art der Folter.«

Erschüttert bemühte sich Tia, die Erkenntnis zu verarbeiten, dass sie nicht bloß eingesperrt, sondern auch gefoltert worden war. Es gelang ihr nicht recht.

Gaël griff nach ihrer Hand.

»Hör zu, während du eingesperrt warst, konnte ich …«, begann er, doch ein erneutes Klopfen unterbrach ihn.

Ein mürrisch dreinblickender Dunkelelf brachte ein Tablett mit Früchten, Getreidebrei und einem Krug Wasser herein. Nachdem er alles auf das kleine Tischchen gestellt hatte, verließ er wortlos den Raum. Noch wackelig auf den Beinen stand Tia auf und begann hungrig zu essen. Als der erste Hunger gestillt war, stürzte sie einen Becher Wasser hinunter. Eine Wohltat für ihre geschundene Kehle!

»Hör zu, Tia«, setzte Gaël erneut an und sah sie eindringlich aus seinen dunklen Augen an. »Ich habe in den letzten Tagen einige Nachforschungen betrieben. Mokus Verhalten und sein plötzlicher Sinneswandel kamen mir merkwürdig vor. «

Erleichterung, dass er sie offenbar nicht hintergangen hatte, flutete durch sie hindurch und erwärmte ihr Inneres wie der Genuss von Wein. Ihm war ihre Reaktion nicht entgangen.

»Du hast gedacht, ich hätte etwas damit zu tun.«

Es war eine Feststellung, keine Frage, und Tia erkannte, dass ihr Misstrauen ihn schmerzte. Betreten senkte sie den Blick auf ihre rissigen Finger.

»Ich wusste es doch nicht …«, murmelte sie, brach dann aber ab.

Es gab keine Erklärung. Ja, sie hatte geglaubt, er habe sie getäuscht. Daran gab es nichts zu beschönigen.

»Es tut mir leid«, murmelte sie darum ernst und zwang sich, ihn anzusehen.

Im Bruchteil einer Sekunde war er aufgesprungen und kniete sich vor sie.

»Nein«, sagte er zärtlich und strich ihr über die Wange, »du hattest jeden Grund dazu, mir nicht zu trauen. Ich selbst hätte auch an mir gezweifelt. Es tut mir leid, dass ich dich nicht beschützen konnte.«

Traurig lächelte er sie an und wirkte dabei so zerbrechlich, dass sie ein schlechtes Gewissen bekam.

Mit einer Hand strich sie ihm über die Haare, fühlte die weiche, fast seidige Struktur, und legte sie dann an die stoppelige Wange. Für einen Moment schmiegte er sein Gesicht in ihre Berührung, dann schloss er sie ihn die Arme. Sie sog seinen männlichen Duft ein, nach Erde und Gras und rauchig wie das Holz eines Julfeuers. Die Welt schien still zu stehen. Dann räusperte er sich und der Zauber verpuffte wie ein Tropfen auf dem heißen Stein.

»Was ich eigentlich sagen wollte, ist, dass ich glaube, Moku steht unter dem Einfluss der Traumgeister.«

Ungläubig löste sie sich aus seiner Umarmung.

»Wie ist das möglich?«

Sie wusste zwar, dass diese Schattenwesen Albträume hervorriefen, aber dass sie jemanden beeinflussen konnten, war ihr unbekannt. Seufzend rappelte Gaël sich auf und ließ sich neben ihr auf der Chaiselongue nieder.

»Das kommt vor. Du musst wissen, dass sie unglaublich mächtig sind und ebenso grausam. Sie sind das Böse, das sich in die Seelen Unschuldiger frisst und die schlechten Gedanken dort einpflanzt wie Samen in die Erde. Mit ihren Methoden können sie ihren Opfern den Verstand rauben, mit den richtigen Argumenten zum Handeln nach ihren Vorstellungen verleiten.«

Falls das stimmte, dann war nicht Moku ihr Feind, sondern diese schwebenden Schatten. Aber wie konnte man sie besiegen? Betrübt lehnte sie sich an Gaëls Schulter, der sofort seinen Arm um sie schlang und sie fest an sich drückte.

»Keine Sorge, ich werde einen Weg finden, dich zu beschützen«, versprach er.

Sie spürte noch, wie er ihr einen Kuss auf die Schläfe drückte, dann forderten die Strapazen der vergangenen Nächte ihren Tribut und sie schloss erschöpft die Augen.

Als sie die Augen öffnete, stand sie in einer fremden Landschaft. Obwohl sie keine Sonne entdecken konnte, leuchtete der Himmel in allen Farben des Regenbogens und erhellte den mit Nebelschwaden bedeckten Boden. Kein Baum, kein Haus, keine Berge hoben sich von der Ebene ab. Nur das Farbenmeer waberte über ihrem Kopf, als würde es sich zum Atmen heben und senken, und verlieh dem Nebel zu ihren Füßen einen mystischen Glanz.

»Tia«, flüsterte plötzlich eine Stimme, doch sie konnte niemanden erblicken.

Das Flüstern schwoll an, schien aus allen Richtungen zu kommen und doch nirgendwo seinen Ursprung zu haben. Trotz der körperlosen Stimme verspürte Tia keinerlei Angst. Ein warmer Wind umwehte sie, spielte mit ihren Haaren und schien jede ihrer Poren mit Frieden und Ruhe zu erfüllen. Als sie sich nach Osten wandte, stand direkt vor ihr eine Gestalt, gehüllt in einen weißen Umhang. Eine weite Kapuze verbarg ihr Gesicht, der Körper war von einem leuchtenden Schimmern umgeben.

»Tia«, flüsterte es wieder, doch dieses Mal kam es eindeutig von der vermummten Gestalt.

»Ich bin Eyra, Göttin des Lichts. Du bist hier, weil ich deine Hilfe brauche«, sagte sie mit glockenklarer Stimme. »Eure Welt ist in großer Gefahr. Vor hundert Jahren hat dein Volk einen großen Fehler begangen, indem es das Licht über die Dunkelheit stellte und jene aus Talaria verbannte. Das Gleichgewicht wurde durcheinander gebracht. Es besteht die Gefahr, dass sich das Ganze ins Gegenteil umkehrt. Die Traumgeister werden nicht ruhen, bis alles Licht von der Welt verschwunden ist. Wenn das geschieht, gibt es keine Hoffnung mehr. Die Welt, wie ihr sie kennt, wird vergehen. «

Das Herz schlug Tia bis zum Hals.

»Wie kann ich helfen?«, fragte sie nervös.

»Du musst das Gleichgewicht wiederherstellen. Schon als Kind hast du gespürt, dass ein Leben ohne das Dunkel sich nicht richtig anfühlte. Du warst auf der richtigen Spur. Bedenke eines: Das Licht besteht nur durch die Dunkelheit. Ohne sie gibt es kein Licht. Zu jedem Sonnenaufgang gehört ein Sonnenuntergang. Tief in dir weißt du, was zu tun ist. Doch du musst dich beeilen, ansonsten wird die kommende Wintersonnenwende eure letzte sein.«

Verzweifelt starrte sie die Göttin an, ihre Gedanken wirbelten wild umher und suchten nach einer Lösung. Eyra legte ihr eine blasse Hand auf den Kopf.

>>Wo Tag zu Nacht
Und Dunkel vergeht
Licht und Schatten
Über allem steht

Muss sich finden
Was zusammen gehört
Muss sich binden
Was Treue schwört

Nur dann kann bestehen
Ein Gleichgewicht
Wird Sonne vergehen
Aus Schatten und Licht

Wie Feuer und Eis
Gemeinsam in Einklang
Aus Kälte wird heiß
Ein Leben lang.<<

Tia schlug schwer atmend die Augen auf.

»Alles in Ordnung«, hörte sie Gaël sagen, auf dessen Brust sie noch immer lag.

Aufgewühlt richtete sie sich auf und sah ihn mit weit aufgerissenen Augen an.

»Was ist los?«, fragte er besorgt. »Hattest du einen Albtraum?«

Kopfschüttelnd betrachtete sie sein hübsches, sorgenvolles Gesicht. Würde er ihr glauben? War die Begegnung mit der Göttin des Lichts doch ein Traum gewesen, eine Fantasie, nichts weiter?

»Nein. Nein es war kein Albtraum«, erwiderte sie, während sie nach den richtigen Worten suchte, das Erlebte zu erklären. »Ich hatte eine Erscheinung.«

Aufmerksam beobachtete sie seine Reaktion, fürchtete sich vor dem mitleidigen Blick, der sie an ihrem eigenen Verstand zweifeln ließe. Doch er beugte sich nur näher und wartete neugierig, dass sie weitersprach.

Ermutigt berichtete sie ihrem Freund von ihrer Begegnung mit Eyra und bemühte sich, deren Worte wiederzugeben. Nachdem sie geendet hatte, schwieg Gaël für eine Weile.

»Das Licht braucht die Dunkelheit«, wiederholte er nachdenklich, »das bedeutet, wir waren auf dem richtigen Weg. Eine friedliche Übernahme hätte das Gleichgewicht wiederherstellen können.«

Tia nickte, auch wenn sie es natürlich nicht gutheißen konnte, dass die Übernahme einem Sturz ihrer Eltern gleichgekommen wäre.

»Eyra sagte, das diesjährige Julfest sei die letzte Möglichkeit, alles wieder in Ordnung zu bringen.«

Aufgewühlt fuhr Gaël sich mit beiden Händen durch die Haare.

»Die Zeit reicht nicht aus, um ihr Rätsel zu entschlüsseln, einen Plan zu entwickeln und die Traumgeister zu besiegen«, rief er frustriert aus.

Nervös kaute Tia auf ihrer Unterlippe, während sich in ihrem Kopf ein Gedanke zu einer Idee spann und immer weiter herauskristallisierte.

»Und wenn wir heiraten würden?«, fragte sie, bevor sie ihre Worte überdenken konnte.

Überrascht wandte er sich ihr zu und ließ langsam die Hände sinken.

»Ist das dein Ernst?«

Schulterzuckend sah sie ihn an, nicht sicher, ob sie es tatsächlich so meinte, wie sie gesagt hatte.

»Ich bin das Licht, du die Dunkelheit. Wenn das Eine nicht ohne das Andere existieren kann, ist das vielleicht die einzige Möglichkeit. Uns bleibt ohnehin nicht genügend Zeit, etwas anderes auszuprobieren.«

Ein zärtlicher Ausdruck lag auf seinem Gesicht, als er sich zu ihr beugte und seine Stirn an ihre legte.

»Ich habe nie etwas anderes gewollt.«

Die nächsten Stunden verbrachten sie mit der Analyse der Worte Eyras und der Erstellung eines Plans, bevor Gaël aufbrach, um mit Moku zu sprechen. In seiner Abwesenheit lief Tia unruhig durch ihr Zimmer und beobachtete die untergehende Sonne, an deren Schönheit sie sich wohl niemals gewöhnen würde. Als die Nacht sich wie ein Tuch über das Land senkte, kehrte er zurück.

»Wie ist es gelaufen?«, fragte sie augenblicklich, was ihm ein Lächeln entlockte.

»Müßig. Es hat eine Weile gedauert, bis ich ihn von unserer Hochzeit überzeugen konnte. Letztendlich ist er der Idee aber zugetan, durch unsere Verbindung den Großteil des Volkes auf seiner Seite zu wissen. Ich konnte ihn überzeugen, dass das Volk ob der Hinrichtung ihres Königs nicht sehr wohlwollend gesinnt sein würde und eine Vermählung mit ihrer Prinzessin die Zahl der Toten auf beiden Seiten auf ein Minimum reduzieren würde.«

»Ein Minimum sind noch immer zu viele«, murmelte sie, die Sorge um ihre Eltern und ihr Volk lag über ihr wie ein riesiger Schatten.

»Ich weiß. Aber wenn unser Plan funktioniert, wird es nicht einen geben«, beruhigte er sie. »Wenn Eyra recht behält, wird unsere Verbindung einen Krieg verhindern. Der Zauber von Jul wird uns helfen. Die Götter sind auf unserer Seite.«

»Was ist mit meinen Eltern?« fragte sie ängstlich, das Gesicht an seine muskulöse Brust geschmiegt.

»Ich konnte Moku davon abbringen, eine solch grausame Tat an einem heiligen Tag zu begehen. Unsere Hochzeit wird der Startschuss für die Feierlichkeiten sein.

Wenn alles läuft wie geplant, wird es keine Hinrichtungen mehr geben.«

Erleichterung durchströmte sie wie die Wärme der Julfeuer.

Der nächste Tag war der Tag vor Jul und überall im Schloss wurden Vorbereitungen getroffen. Nur die übliche feierliche Atmosphäre blieb in diesem Jahr aus. Gaël war früh aufgebrochen, um mit seinem Anführer die letzten Details zu besprechen und ihm dann bei der Planung zu helfen. Man hatte Malia aus dem Verlies befreit und sie zu ihr geschickt, um ihr bei der Kleiderwahl zu helfen. Sobald die Amme eintrat, fiel Tia ihr augenblicklich in die Arme.

»Mein liebes Kind, es geht dir gut«, rief Malia glücklich und drückte sie fest an sich.

»Ich habe mir solche Sorgen um dich gemacht. Und deine Eltern erst.«

Aufgewühlt lösten sie sich voneinander.

»Wie geht es ihnen?«

Die Amme seufzte.

»Den Umständen entsprechend, Liebes. Sie sorgen sich um dich und um ihr Volk, aber ansonsten sind sie unversehrt.«

Tia atmete erleichtert auf, doch sogleich warf der Gedanke an eine mögliche Hinrichtung ihrer Eltern, falls ihr Plan scheiterte, dunkle Schatten auf ihre Seele wie Wolken, die sich vor die Sonne schoben. Die Furcht um ihre Lieben und die Strapazen der vergangenen Tage trieb ihr die Luft aus den Lungen, hinderte sie am Atmen. Unsichtbare Stränge rissen an ihrem Herzen, zogen sich enger im Versuch, es unter dem gewaltigen Druck zu zerquetschen. Sie schluchzte laut auf, dann erzählte sie Malia von den Geschehnissen der letzten Woche und von ihrem Plan, Gaël zu ehelichen. Ihre engste Vertraute war stets eine geduldige Zuhörerin gewesen und unterbrach sie nicht. Lediglich bei der Erzählung von Mokus Anordnung, das Königspaar hinzurichten, weiteten sich ihre Augen und sie schlug entsetzt die Hände vor den Mund. Als Tia geendet hatte, betrachtete sie die Prinzessin sanftmütig, beinahe mütterlich.

»Ich wusste bereits damals, dass du etwas Besonderes bist, Kind. Nicht umsonst hat sich Eyra an dich gewandt. Du bist zu Größerem bestimmt. Selbst die Götter wissen das«, sagte sie liebevoll und mit einer Ernsthaftigkeit, die keinen Widerspruch duldete. »Und nun lass uns deine Heirat vorbereiten, damit du für deinen Liebsten eine wahre Augenweide bist.«

Sie zwinkerte Tia zu. So viele Jahre war sie ihre Ziehmutter, ihre Verbündete, dass ihr selbst die Gefühle nicht verborgen blieben, die sie für den Dunkelelfen hegte.

In der Nacht vor dem großen Ereignis war an Schlaf nicht zu denken. Gaël lag neben ihr, seine tiefen Atemzüge erfüllten den Raum, doch Tias Gedanken waren zu einem wirren Strom geworden, die sich um den morgigen Tag drehten. Wie Wolken am Himmel jagten sie durch ihren Kopf, wirbelten durcheinander wie Blätter im Wind, sodass ihr beinahe schwindelig wurde. Es stand so viel auf dem Spiel!

Rastlos stand sie auf, ging auf leisen Sohlen zu ihrem Platz am Fenster. Im Osten, über der felsigen Heimat der Feuergeister, färbte sich der Himmel blassrosa und fesselte ihren Blick. So wunderschön sie die wenigen Sonnenuntergänge, die sie bisher erlebt hatte, auch fand, waren sie doch nichts im Vergleich zu dem Schauspiel, das sich ihr nun bot. Der Nebel, der – der nächtlichen Kälte geschuldet – zwischen den Felsen hing, färbte sich orange und erweckte den Anschein, das Gebirge stünde lichterloh in Flammen. Immer schneller stieg die Sonne über den Steinwänden empor, warf ihre wärmenden Strahlen auf die Landschaft, die Stück für Stück in Licht getaucht wurde. Der Glanz schwappte wie eine Flutwelle über Steine, Gräser und Gewässer, bis es selbst den Wald im Wester erhellte. Gebannt von der magischen Schönheit der

Natur ihres Landes fragte sie sich, wie sie nur jemals hatten glauben können, die Abwesenheit der Dunkelheit sei eine Bereicherung. Wenn das Dunkel der Nacht etwas so Wunderschönes wie einen Sonnenaufgang bewirkte, wie konnte sie dann schlecht sein? Wieder dachte sie an Eyras Worte. Ob sie deren Bedeutung tatsächlich richtig interpretiert hatten?

Im Bett regte sich ihr Verlobter. Lächelnd wandte sie sich ihm zu und war überrascht, dass er bereits hinter ihr stand. Er legte seine warmen Hände um ihr Gesicht und küsste sie zärtlich.

»Bist du bereit?«

Wenn sie sich einer Sache wirklich gewiss war, dann, dass sie nie etwas sehnlicher gewünscht hatte, als mit ihm vereint zu sein. Sie nickte.

»Dann mache ich mich mal frisch. Ich sehe dich in ein paar Stunden im Saal.«

Noch einmal drückte er ihre Hand, als wollte er ihr sagen, dass alles gut werden würde, zwinkerte ihr schelmisch zu und war verschwunden.

Wenige Augenblicke später betrat Malia ihre Gemächer, um Tia zu baden und zurechtzumachen. Zum ersten Mal beklagte Tia sich nicht, sondern war froh, ihre Freundin an ihrer Seite zu wissen.

Als sie zwei Stunden später den Gang entlang lief, wuchs ihre Nervosität ins Unermessliche. Ihr Hände waren kalt und schwitzig, ihr Herz hämmerte in ihrer Brust, als wollte es Anlauf nehmen und mit einem Satz aus ihr herausspringen. Malia hatte sich selbst übertroffen. Sie hatte Tias Haare zu einem dicken Zopf geflochten, der mit weißen Blüten verziert seitlich auslief und elegant über die rechte Schulter fiel. Das blaue Kleid, das am Ausschnitt blass schimmerte und nach unten hin stets dunkler wurde, spiegelte den Himmel im Tagesverlauf wider.

Tia liebte es. Ihre Amme, die neben ihr lief, hielt ihre Hand, gab ihr Halt und strahlte Ruhe und Zuversicht aus. Der Weg zum Thronsaal kam ihr dennoch unendlich lang vor. Die Last auf ihren Schultern drohte, sie zu erdrücken. So viel war in den vergangenen Tagen geschehen und nun lag das Schicksal ihrer Welt in ihrer und Gaëls Händen. Würden sie versagen, hätten sie Eyras Botschaft missgedeutet, käme das dem Untergang gleich.

Im Saal hatte sich bereits das gesamte Königreich versammelt, so schien es zumindest. Natürlich waren die Dryaden in ihrem Wald geblieben und auch die Nymphen hatten den See nicht verlassen. Dafür drängten sich Kobolde, Feuergeister und Lichtelfen gleichermaßen hinter einer Armee uniformierter Dunkelelfen, welche die vorderen Reihen für sich beansprucht hatten. Die Steinmenschen standen entlang der Wände, als bewachten sie die Bewohner Talarias. Über allem schwebten die furchteinflößenden Silhouetten der Traumgeister. Tias Blick wanderte nach links und erspähte Gaël, der neben Moku am Thron stand und sie anlächelte. Ihr Herz hüpfte erfreut und pochte aufgeregt gegen ihre Rippen. Er trug keine Uniform, sondern ein schwarzes Leinenhemd über einer braunen Hose. Und er war, ebenso wie sie, barfuß.

Mit funkensprühendem Blick kam er auf sie zu und richtete damit die Aufmerksamkeit aller Anwesenden auf ihr Erscheinen. Ein Raunen ging durch die Menge, doch sie spürte auch das Misstrauen, das ihr Volk ihr entgegenbrachte und ihr Herz schwer werden ließ. Es war ihr nur allzu verständlich, schließlich waren sie alle seit Tagen im Ungewissen. Die Invasion ihrer Feinde, der Sonnenlauf, die einsetzende Kälte sowie der Umstand, dass das Königspaar nicht anwesend war, machten die Situation nicht besser. Gaël ergriff ihre Hand, verschränkte seine Finger mit ihren und beugte sich vor, um ihr einen Kuss auf die Wange zu hauchen.

»Du siehst wunderschön aus«, flüsterte er in ihr Ohr und jagte einen wohligen Schauer durch ihre Glieder. Gemeinsam gingen sie zurück zu Moku, der ihr grimmig zunickte.

»Du bist also doch noch zur Vernunft gekommen«, begrüßte er sie.

Dann wandte er sich an die Menge.

»Der heutige Tag ist ein Neuanfang. Er wird in die Geschichte eingehen als das Ende des Krieges. Die Verbannung der Dunkelheit gehört von diesem Moment an der Vergangenheit an. Talaria wird nicht länger das Königreich des Lichts sein. Nein! Ab sofort wird das Licht von uns nur noch geduldet werden. Es ist eine Notwendigkeit, um das Land fruchtbar zu machen. Jeden, der sich uns widersetzt, wird dasselbe Schicksal ereilen wie das Königspaar am morgigen Tag – Exekution!«

Erneut ging ein Raunen durch die Menge und Tia nahm aus den Augenwinkeln wahr, wie die Talarier hektisch miteinander zu diskutieren begannen. Ihr Herz zog sich schmerzhaft zusammen, ihre Finger verkrampften sich um Gaëls, der beruhigend seinen Daumen über ihren Handrücken kreisen ließ.

»Um das neue Zeitalter einzuläuten«, rief Moku, sodass die Gespräche um sie herum verstummten, »wird einer unserer Krieger zur heutigen Wintersonnenwende die Götter besänftigen und eure Prinzessin zur Gemahlin nehmen. Betrachtet dies als mein Eingeständnis an ein friedvolles Zusammenleben, aber auch als Warnung!«

Er wandte seine Aufmerksamkeit wieder auf das Paar vor ihm.

»Gaël, Krieger von Undor, Hüter der Dunkelheit, wirst du diese Verbindung im Namen der Götter eingehen, um dem Königreich zu dienen und den Frieden zu wahren?«

Gaël nickte feierlich, die Augen strahlten.

»Das werde ich. «

Zufrieden sah der dunkle Anführer zu Tia und sein Blick bohrte sich in ihren.

»Tia, Prinzessin von Talaria, Bewahrerin des Lichts, wirst auch du diese Verbindung im Namen der Götter eingehen, um dem neuen Königreich zu dienen und dem Volk ein Vorbild zu sein?«

Sie hörte den drohenden Unterton in seinen Worten. Alles in ihr sträubte sich dagegen, ihm die Macht über das Land zu geben, dennoch nickte sie.

»Das werde ich.«

Grinsend wandte Moku sich dem Volk zu.

»Nun denn, so ernenne ich euch zu einander anvertrauten Gefährten. Ich denke, ihr könnt den hier Anwesenden mit gutem Bespiel vorangehen und eure Vermählung mit einem Kuss besiegeln.«

Mit wild klopfendem Herzen drehte sie sich um und sah direkt in die funkelnden Augen ihres Gemahls. Für einen Augenblick schien die Welt stillzustehen; es gab nur noch sie und ihn. Seine Wärme zog sie an wie das Licht die Motte. Kein Geräusch drang an ihr Ohr. Es war, als wäre sie in Watte gehüllt, die jeden Ton verschluckte wie dichter Nebel. Vielleicht war es auch tatsächlich so still im Saal, sie vermochte nicht, es zu sagen. Das Land hielt den Atem an. Als seine weichen Lippen die ihren berührten, explodierte ein gewaltiger Lichtblitz mit einem donnernden Knall um sie herum, der die Welt ins Wanken brachte. Die Wucht riss sie auseinander und sie prallte auf den Steinboden. Sie hörte panische Schreie und sah sich um. Die enorme Druckwelle hatte jeden im Saal von den Füßen gerissen. Moku war an die hintere Wand geschleudert worden, wo er benommen am Boden lag. Einige Meter von ihr entfernt rappelte Gaël sich gerade auf. Sie kroch über den noch immer bebenden Boden zu ihrem Liebsten, als ein infernalisches Grollen sie innehalten ließ.

»Tia«, rief Gaël gegen den Lärm an und überbrückte die letzte Distanz, um nach ihrer Hand zu greifen. Bei seiner Berührung schoss ein weiterer Lichtstrahl gleißend hell zwischen ihnen empor. Plötzlich war der Saal erfüllt vom Kreischen der Traumgeister. Das Licht war direkt in ihre körperlosen Erscheinungen getreten und ließ sie von innen heraus aufleuchten. Fasziniert beobachtete Tia das Schauspiel, bis die Schatten so hell leuchteten, dass sie die

Augen zusammenpresste. Ein zweiter ohrenbetäubender Knall ertönte, der seine Vibrationen durch ihre Adern jagte. Dann herrschte Stille.

Langsam öffnete sie ihre Augen. Das grelle Licht war erloschen. Verwirrt und ängstlich richteten die noch immer am Boden liegenden Anwesenden ihre Blicke zur Decke, doch dort war nichts mehr zu sehen.

»Wo sind sie hin?«, fragte Tia Gaël, der sie behutsam auf die Füße zog, doch eine Antwort hatte er nicht.

Die Dunkelelfen wirkten verunsichert; einige von ihnen schüttelten den Kopf, andere rieben sich angestrengt über die Schläfen.

»Sie sind weg«, erklang Mokus Stimme hinter ihr und sie wirbelte herum.

Sein Blick war nicht mehr glasig, sondern klar, und er lächelte erleichtert.

»Was meinst du mit *sie sind weg*?«, fragte Gaël misstrauisch.

Es war das erste Mal, dass das Lächeln des Anführers echt und ungezwungen war.

»Offenbar hat eure Verbindung den Bann gebrochen. Die Lichtexplosion hat die Macht der Schatten über uns beendet und die Traumgeister vernichtet.«

Ungläubig starrte Tia erst ihn, dann die übrigen Dunkelelfen an. Und tatsächlich, sie alle wirkten, als wären sie gerade aus einem verstörenden Traum erwacht. Nie hätte sie für möglich gehalten, dass ihr Plan eine solche Reaktion zur Folge haben würde. Eyra hatte recht behalten. Sie hatten die Bedrohung bewältigt und den Weg für eine Welt bereitet, in der Licht und Dunkelheit einander ebenbürtig waren.

EPILOG

Noch immer konnte Tia sich nicht an das strahlende Weiß gewöhnen, das jeden Zentimeter von Talaria bedeckte. Sie stand an ihrem Fenster und beobachtete das rege Treiben, das im Innenhof herrschte, während ein kalter Wind durch ihre Haare fuhr und sie frösteln ließ. Seit sie vor einem Jahr die Dunkelheit zurück ins Land geholt hatten, stabilisierten sich die Jahreszeiten nur schleppend. Als vor einigen Wochen der erste Schnee in dicken Flocken vom Himmel gerieselt war, hatten die Talarier vor neuen Problemen gestanden, denn mit der plötzlichen Kälte konnte niemand etwas anfangen. In ihrer Verzweiflung hatte man alle, die des Nähens mächtig waren, angewiesen, warme Mäntel und provisorische Stiefel aus Leder anzufertigen. Doch trotz der Schneeschicht, die gleich einer Decke über dem Land lag, dem beißenden Wind, der ihre ungeschützten Finger betäubte, und der von dicken Wolken verdeckten Sonne war Tia glücklich. Ihre Eltern hatten anhand des nun bestehenden Bündnisses Tia und Gaël den Thron überlassen, nachdem sie für Ordnung gesorgt und die noch immer grausamen sowie unkooperativen Steinmenschen zurück nach Undor geschickt hatten. Dass sie und ihr Mann nun über ein geeintes Königreich herrschten, schien das Wohlwollen der Göttin nach sich zu ziehen, denn trotz der aus den Fugen geratenen Jahreszeiten waren die Ernteerträge reich wie nie. Sich der Liebe ihres Volkes und ihres Gemahls gewiss, freute Tia sich nun, die Julfeuer zum ersten Mal in stimmiger Atmosphäre, Kälte und Dunkelheit erleben zu dürfen.

»Auf die Wintersonnenwende«, flüsterte sie, ein Lächeln auf den Lippen.

~Helena Faye

Über die Autorin

Helena Faye, geboren 1988, lebt mit ihrem Mann und ihren zwei Kindern im Herzen des Ruhgebietes. Ihr Leben lang wurde sie von Büchern begleitet und geprägt. Ihre Liebe zum Fantasygenre wurde durch Harry Potter geweckt und das Eintauchen in fremde Welten führte dazu, dass sie 2010 begann, ein eigenes Buch zu schreiben. Seitdem hat sie vier Manuskripte und einige Kurzgeschichten verfasst – von denen vier im Jahr 2019 im Selbstverlag veröffentlicht wurden – und arbeitet daran, ihren ersten Fantasyroman herauszubringen.

Vorschau für 2020 (Auswahl):

»Ich liebe Bücher, seit ich denken kann. Die Liebe zum Fantasygenre entwickelte sich bereits sehr früh und irgendwann reichte es mir nicht mehr, nur zu lesen. Ich wollte selber phantastische Welten erschaffen und die Leser verzaubern.«

- Helena Faye

Die Autorin arbeitet seit Jahren an ihrem Fantasyjugendroman **Calior**. Nachdem sie im Jahr 2019 vier Kurzgeschichten veröffentlicht hat, wird 2020 ihr erstes Buch erscheinen.

»Jamie. Dein Vater ist ein wahrhaft großer Mann. Ich kenne ihn gut. Du ähnelst ihm wirklich sehr.«
Ich musste schlucken.
»Mein Vater ist vor vielen Jahren gestorben« , sagte ich leise und die Trauer legte sich wie ein Schatten über mein Herz, wie jedes Mal, wenn ich an meinen Dad dachte.
Malcolm lächelte.
»Hier in Calior lebt er ewig.«

Inhalt:
Jamie Quinn erfährt an ihrem siebzehnten Geburtstag, dass sie eine Hexe ist. Schockiert darüber, dass sich nun ihr ganzes Leben verändert, beginnt für sie ein aufregendes Jahr an der magischen Akademie in London. Mit ihren Mitschülern trainiert sie ihre magischen Fähigkeiten, die offenbar stärker sind, als sie dachte. Neue Freunde, gefährliche Situationen und Gefühlschaos über die erste Liebe – all das wird nebensächlich, als ihre Tante entführt wird. Gemeinsam mit ihren Freunden reist sie in die magische Welt Calior, um sie zu retten.

Doch die Reise enthüllt mehr über die Vergangenheit und ihre wahre Bestimmung, als Jamie erwartet, und plötzlich ist sie der Mittelpunkt eines jahrzehntelangen Krieges zwischen Gut und Böse.

Calior erscheint voraussichtlich im Frühjahr 2020

»Ich kratzte mich am Hinterkopf und versuchte, meine Nervosität herunterzuspielen. „Ich weiß, wir haben von einem Kleidchen gesprochen, aber ich hab mir gedacht, das würdest du wahrscheinlich eher tragen.«

Gideon dachte eigentlich, dass dieses Jahr wird wie jedes andere. Er feiert mit seinen Eltern Weihnachten und danach geht es wieder an die Arbeit, nämlich die Schafe hüten.

Doch dann lernt er Adrian kennen und alles steht Kopf. Die beiden lernen sich immer besser kennen, kommen sich aneinander näher, indem sie versuchen, gemeinsam einige isländische Traditionen umzusetzen.

Sie feiern Jul – zwar nicht gerade gut geplant, ohne die vielen konventionellen Bräuche oder Riten, aber mit dem Willen, die Feierlichkeiten aus Island zu ehren.

Eine Kurzgeschichte und das Debüt von Skadi Lange.

JUL KOMMT ZUR NORDSEE

SKADI LANGE

7. November 2019

Die schlammverkrusteten Regenstiefel wurden von mir achtlos neben die Scheunentür hingeworfen, während ich aus den gefühlt zehn Klamottenschichten schlüpfte, die mich gegen dieses elende Nordseewetter schützen sollten.

Meine Hände waren noch immer eisig und meine Nase konnte ich kaum noch spüren. Der Frost hielt nicht nur den Morgen mit seiner Kälte im Griff, sondern mittlerweile auch den Vormittag. Die Tiere hatten ihr dickes Fell - ich dagegen bloß Klamotten und Bewegung.

Bevor ich das Haus betrat, nahm ich mir ein Bier aus dem Lagerraum, den ich im letzten Sommer mit meinem Vater an die Garage angebaut hatte. Aus der Küche hörte ich schon leise das Radio und das dazugehörige Summen meiner Mutter. Als ich näherkam, konnte ich auch das rhythmische Schnippeln hören, welches verriet, dass sie mitten in den Vorbereitungen für den Eintopf war.

Am nächsten Morgen sollten unsere neuen Nachbarn zu Besuch kommen. Sie hatten sich im letzten Herbst die alte Jugendherberge des Ortes in einer Zwangsversteigerung gekauft und versuchten jetzt etwa seit einem Jahr, die Herberge in dieses Jahrhundert zu bringen. Erst vor einem Monat waren sie ganz in dieses Örtchen an der Nordsee gezogen, wo jeder jeden kannte. Davor waren sie noch zwischen ihrer Heimat in Bayern und der Jugendherberge hin und her gependelt, was natürlich eine beschissene Voraussetzung war, um die Herberge auf Vordermann zu bringen. Doch in der nächsten Sommersaison wollten sie sie wiedereröffnen. Meine Mutter und die Frau – deren Namen ich immer wieder vergaß, weil ich sie meist nur zwischen Tür und Angel traf – hatten sich direkt angefreundet. Daher war es keine große Überraschung, dass mein Vater und ich nun mitziehen mussten, als sie die beiden bei uns einlud.

Ich wäre an diesem Wochenende viel lieber nach Hamburg gefahren, statt hier festzusitzen. Die Wochenenden waren die einzigen Tage im Jahr, an denen ich nicht arbeiten brauchte und den Schafen sowie dem Hof entkam. Aber ein Wochenende bei meinen Eltern zu bleiben, war ein kleineres Übel als ein Streit mit meiner Mutter. Sie war gut darin, einem am Ende Schuldgefühle einzureden, einem einzubläuen, man hätte etwas falsch gemacht.

»Gideon, da bist du ja«, strahlte sie mich da auch schon an. »Ich habe im Kühlschrank noch einen Teller

140

Kartoffelsalat für dich. Wenn du davon nicht satt wirst, gibt es natürlich auch noch Brot.«

Ich nickte und fragte: »Dauert das Essen morgen lange?«

Sie seufzte aufgebracht und sah mich an, als wäre ich jemand, der grade gefragt hatte, ob es okay war, wenn er nackt durch den Ort lief.

»Gideon, wenn du einmal nicht auf diese bescheuerten Partys gehen kannst, bringt es dich nicht um. Und außerdem ist der Sohn von Aurelia und Björn morgen auch dabei. Er ist heute angekommen und wird ein paar Wochen bleiben, um seinen Eltern zu helfen. Er ist gerade einmal zwei Jahre älter als du. Vielleicht versteht ihr euch ja und für ihn wäre es doch auch schön, mehr Leute als seine Eltern und deren Freunde zu kennen. Du könntest ihm alles zeigen.«

Ich starrte sie perplex an. Das war ja wie in der Schulzeit, als die Eltern sich schon Sorgen machten, wenn ihr Kind zwei Tage hintereinander mit niemanden etwas unternahm. Ich nahm an, dass ich ihr nicht zu antworten brauchte. Stattdessen ging ich zum Kühlschrank, nahm mir mein Essen und verließ die Küche, ohne ihren vorwurfsvollen Blicken Beachtung zu schenken.

Nach dem Ende meiner Schulzeit hatten mein Vater und ich den Dachboden ausgebaut, damit ich ein wenig mehr Privatsphäre haben konnte, wenn ich schon bei ihnen wohnen blieb. Ich hatte eigentlich andere Pläne nach dem Abi gehabt. Umherreisen. Die Welt sehen. Studieren oder vielleicht auch eine Ausbildung. Doch dann war der Tod meines Onkels dazwischengekommen. Peter und mein Vater teilten sich den Hof, die Aufgaben wurden strikt verteilt und alles lief einwandfrei.

Doch als schließlich Peter gestorben war, wurde klar, dass mein Vater nicht alleine das Loch füllen konnte und nicht das Geld hatte, um jemanden einzustellen, der Peter ersetzen würde. Ich hatte also die Wahl zwischen *umherreisen und den Verkauf in die Wege leiten* oder eben *dazubleiben*. Die Entscheidung war recht schnell gefallen.

Nun arbeitete ich schon seit drei Jahren auf dem Hof und kam nicht umhin, mich zu fragen, was denn gewesen wäre, wenn. Ich bekam die Frage einfach nicht aus dem Kopf, was ich alles auf meiner Weltreise hätte erleben können. Was ich alles schon hätte sehen können.

Ich öffnete meine Zimmertür und setzte mich auf die Couch, stellte den Teller und das Bier auf den Beistelltisch und schaltete mit der klobigen Fernbedienung den Fernseher an. Aus der Steckdose zog ich das Ladekabel, an dem mein Handy hing, und schaute, ob mir jemand geschrieben hatte.

Poly, mein bester Freund – derjenige, der mit mir das Abi schrieb, die Weltreise mit mir geplant hatte und nun in Hamburg Geschichte studierte – hatte mir ein paar Nachrichten geschickt. Ich öffnete WhatsApp und seufzte genervt, als ich las, dass seine WG *die* Fete morgen schmiss. Dass ich doch auf das Essen scheißen und kommen sollte.

Leichter gesagt als getan. Meine Mutter machte mehr Wind um das Essen mit den Neuen als um ein Essen mit anderen Freunden von ihr. Wenn Freunde zu uns kamen, hatte keiner von uns so wahnsinnig viel bei uns aufgeräumt oder meine Mutter hatte nicht so einen Aufwand um das Essen gemacht. Falls ich nicht erscheinen würde, herrschte in den nächsten Wochen Kriegsstimmung im Haus.

Ich antwortete ihm:

Ich kann nicht. Ich komme nächstes Wochenende.

Poly ließ sich wie immer nicht so schnell abspeisen:

Sei nicht so eine Spaßbremse. Du hast keinen blassen Schimmer, *wer* alles kommen will. Schwing deinen Arsch morgen her. Du wirst es nicht bereuen, Mann.

Ich ließ meinen Kopf nach hinten auf die Couchlehne sinken. Selbst wenn ich das Essen nicht ausfallen ließ und erst danach losfuhr, würde ich viel zu spät ankommen und dann bloß noch die *Überbleibsel der Party* erleben. Darauf hatte ich auch nicht wirklich Lust.

In meiner Hand vibrierte das Handy wieder einmal und ich hob den Arm, um Polys Nachricht zu lesen:

Der Boy von der Mensaparty hat mich nach dir gefragt. Hey, er kommt morgen extra, weil ich ihm gesagt hab, dass du auch kommen wirst.

Das war nicht sein Ernst?

Na gut, aber Essen kann ich nicht ausfallen lassen. Ich komm danach.

Yippie! Klasse!

Poly schickte noch einen Smiley hinterher, der in eine Tröte blies, aus der ganz viele bunte Schnipsel flogen.

Vollidiot.

8. November 2019

»Kommt doch rein. Du siehst aber toll aus, Aurelia«, versicherte meine Mutter der Frau im Flur, die sich ein braunes Strickkleid übergezogen hatte und ansonsten wie immer aussah. Nämlich so, dass man sie sofort als Städterin enttarnte, die deutlich mehr Wert auf ihr Äußeres legte als die Dorfleute – denn die scherten sich gemeinhin mehr um die praktische Funktion ihrer Kleidung. Der dazugehörige Mann hatte etwas von einem Professor. Er hatte eine braune Cordhose an und ein Holzfällerhemd, das er sich in die Hose gesteckt hatte. Wilde, braune Locken standen ihn vom Kopf ab und eine große, schwarze Brille saß auf seiner langen, spitzen Nase.

Hinter ihnen kam ein junger Mann ins Haus getreten. Er überragte seinen Vater fast um einen Kopf und stieß sich im Innern auch fast den Kopf an der Decke. Rote Haare hingen ihm in der Stirn, während seine Miene etliche rotbraune Sommersprossen zierten. Er sah seinen Eltern nicht gerade ähnlich.

Mein Vater stieß mich mit der Schulter von der Seite an, sodass ich aus meiner Betrachtung gerissen wurde.

»Guten Abend, meine Lieben. Kommt rein, hier im Flur wird's doch etwas eng auf Dauer«, sagte er.

Ich drehte mich um und lief ins Wohnzimmer hinein, in dem sich mittlerweile kein einziges Staubkorn mehr befand. Den gesamten Tag über hatte man das Haus auf den Kopf gestellt, damit es sauber war. Es war fast schon lachhaft, wie sehr meine Mutter darauf pochte, unser Haus *schick* zu machen. Fragte sich, ob sie das machte, weil sie sich insgeheim ob der niemals durchgeführten Renovierungsarbeiten schämte, und sich unwohl fühlte, weil unser Haus immer noch dunkel und grau, ja, die Möbel noch von den Großeltern meines Vaters und Peters waren.

Ich hatte einmal Bilder von der Jugendherberge gesehen. Die beiden Bayern hatten es auf Hochglanz poliert und die neuesten Möbel hineingestellt. Alles war weiß und hell, lichtdurchflutet. Das Einzige in unserem Haus, was neu war, war mein Dachboden – obwohl die darinstehenden Möbel auch bloß zusammengewürfelt worden waren. Das meiste Geld ging in den Hof. Und der schluckte viel.

Ich ging zum Esstisch und setzte mich auf einen Stuhl. Den anklagenden Blick meines Vaters spürte ich auf mir, aber ich blickte nicht auf. Stattdessen nahm ich einen Schluck aus meinem Wasserglas und lauschte, als meine Mutter den Dreien das Haus zeigte. Das würde wohl ein paar Minuten dauern. Daher beschloss ich, mein Handy aus der Hosentasche zu holen. Es war kurz nach 18 Uhr.

Mit ganz viel Glück war der Spaß in zwei Stunden vorbei und ich würde in Hamburg nicht nur die Überreste einer geilen Party miterleben können.

»Kannst du dich mal ein bisschen benehmen?«, fuhr mich mein Vater an. »Du bekommst deinen Mund heute Abend mal auf. Und nicht nur für dumme Kommentare und Einwortsätze.«

Ich steckte das Handy wieder weg und erwiderte brav: »Ja, ich werde meinen Mund aufbekommen und ich werde mehr als bloß ein, zwei Wörter sprechen.«

Wir sahen uns für einige Sekunden an. Ich sah den Ärger in seinen Augen. Okay, falls ich mich an diesem Abend also daneben benahm, dann würde ich heute gar nicht mehr loskommen. Daher war es wohl besser, wenn ich mich wie ein Vorzeigesohn gab und mich gut mit den Gästen unterhielt. Meine Laune war auf dem *Gipfel* des Abends.

Die Vier kamen zu uns ins Wohnzimmer und meine Eltern ließen die Gäste zuerst ihre Plätze beziehen. Dann goss uns mein Vater Wein ein, während meine Mutter in der Küche verschwand, um uns allen den Eintopf zu servieren.

Der Sohn setzte sich mir gegenüber auf einen Stuhl.

Ich blickte auf meine Hände, die auf meinem Schoß lagen. Gott, dieses Essen würde sich sowas von hinziehen. Vor allem konnte ich kein Alkohol trinken, wenn ich noch Auto fahren wollte.

Aurelia – wer zur Hölle hatte sich bitte so einen schrecklichen Namen ausgedacht? – bedankte sich für das Essen bei meinen Eltern und wandte sie sich plötzlich an mich:

»Gideon, das ist unser Sohn, Adrian.«

Ich sah sie etwas verständnislos an. Schön, dass ihr Sohn einen Namen besaß – allemal einen schöneren als seine Mutter – aber was hatte das nun mit mir zu tun?

Adrian mischte sich mit ein. Ein schiefes, amüsiertes Lächeln prangte auf seinen Lippen.

»Mom, du solltest auch den Satz zu Ende führen. Mit einem Teilsatz kann man wenig anfangen.«

Seine Stimme war verdammt tief und sein Bariton ließ mich erschaudern. Neugierig betrachtete ich Adrian aus dem Augenwinkel.

Aurelia runzelte ein wenig verwundert die Stirn.

»Ich wollte euch doch bloß bekannt machen.«

Adrian verdrehte schmunzelnd die Augen und sah mich dann direkt an – durchdringend, fast schon beunruhigend intensiv und vor allem unglaublich einnehmend.

»Unsere Mütter sprechen davon, dass wir uns anfreunden sollen. Dass es doch ganz sinnvoll wäre, wenn ich für die sechs Wochen, die ich hier bin, einen Kumpel hätte.«

Ich konnte mich schwer von seinem Blick lösen, während meine Lippen bloß ein *aha* herausbrachten.

Meine Mutter musste dem Ganzen aber noch den letzten Schliff verpassen, um es richtig peinlich zu machen: »Ach Schatz, sei doch nicht so. Es wäre doch auch mal nett, wenn du nicht so lange rausfahren musst, um mit einem Freund in deinem Alter abhängen zu können.«

War das ihr Ernst? Das hatte sie nicht gerade wirklich gesagt, oder?

Doch, das hatte sie leider und wenn ich zu meinen *Freunden von außerhalb* hinwollte, musste ich wohl oder übel so tun als ob.

Ich lächelte also gezwungen und sagte: »Ich kann dir ja am Sonntag den Ort zeigen.«

Damit schien ich nicht nur Adrian, sondern auch meine Eltern zu überraschen.

Das Essen zog sich in die Länge, während es mir nicht gelang, mich davon abzuhalten, ab und an zu Adrian zu schielen. Als wir dann endlich beim Nachtisch angelangten, spürte ich mein Handy in der Hosentasche vibrieren.

Alter, wenn das Poly war, würde ich ihm den Hals umdrehen. Ich stand auf und ging in die Küche. Natürlich war es Poly.

»Was willst du?«

Ich konnte nicht verhindern, ihn völlig entnervt anzuschnauzen. Auf Polys Seite der Leitung war die Musik laut, aber nicht zu laut, weshalb ich ihn auf dem Balkon vermutete.

»Komm endlich, Gideon.«

Wäre ich in diesem Moment in seiner Nähe gewesen, hätte ich ihm eine reingehauen.

»Ich habe dir doch schon gesagt, dass ich noch dieses beschissenes Essen mitmachen muss, bevor ich zur Party kommen kann.«

Ich legte auf.

»Du willst nach Hamburg?«, durchschnitt die Stimme meines Vaters die Stille der Küche.

Naaaaaaaa super …

Ich drehte mich zu ihm um: »Ähm … ja.«

Lügen war sowieso zwecklos, nachdem er zugehört hatte. Ich sah die Wut in seinen Augen, doch er schluckte sie herunter, bevor wir noch stritten, während die Gäste im Nebenzimmer aßen.

»Deswegen bist du heute so unausstehlich.«

Ich zuckte ratlos mit den Schultern. Was sollte ich auch sagen? Es stimmte ja.

»Dad, ich komm schon kaum vom Hof. Die Wochenenden in Hamburg mit Poly sind die einzigen Tage ohne Schafsscheiße und Regen«, versuchte ich einfach mal auf gut Glück die Wahrheit.

Mein Vater verzog den Mund und konnte mir nicht mehr in die Augen schauen.

»Frag Adrian, ob er mitwill.«

Damit drehte er sich auf dem Absatz um und ging zurück ins Wohnzimmer. Etwas verwirrt folgte ich ihm. Hieß das jetzt, dass er mich fahren ließ?

Er sah mich erwartungsvoll an, als wir beide wieder saßen und der Nachtisch aufgetischt war. Es war merkwürdig und irgendwie unangenehm, Adrian zu fragen: »Möchtest du vielleicht noch mit nach Hamburg zu einer Party?«

Ich schaute stur auf mein Essen. Der Appetit war mir vergangen.

Am anderen Ende des Tisches gab es eine kleine getuschelte Auseinandersetzung zwischen meinen Eltern. Was für eine Überraschung. Meine Mutter war von der Idee gar nicht begeistert.

Adrian überraschte mich aber auch ziemlich.

»Klar. Bei Party bin ich doch gerne dabei«, meinte er.

Ich konnte mich wirklich nicht entscheiden, was ich davon halten sollte.

Die Autofahrt verlief recht einseitig. Meine Musik dröhnte laut aus den eingebauten Boxen und verhinderte jedes Gespräch, das zwischen uns hätte entstehen können. Ich war damit ziemlich zufrieden.

Als ich dann im Schanzenviertel einen Parkplatz gefunden hatte, der mir nicht abartig viel Geld aus den Taschen klaubte, musste ich leider die Musik ausschalten und mich darauf gefasst machen, doch mit Adrian sprechen zu müssen. Und es kam natürlich auch dazu.

Ich spürte Adrians Blick auf mir, als er mich fragte: »Was ist das denn für eine Party?«

Innerlich seufzte ich und mahnte mich zur Ruhe. Adrian konnte nichts dafür, dass meine Eltern seit drei Jahren meine Pläne durchkreuzten.

»Eine WG Party«, fasste ich mich kurz zusammen.

Ich stieg aus, wartete darauf, dass es auch Adrian tat, und schloss ab. Gemeinsam überquerten wir die Straße und wanderten schweigend nebeneinander in die nächste Gasse hinein. Ehrlich gesagt hatte ich keine Ahnung, wie ich Poly erklären sollte, dass noch jemand bei ihm schlafen würde.

Auf dem Weg blieb ich noch schnell an einem Kiosk stehen und kaufte mir eine Zigarettenpackung. Als ich wieder aus dem Kiosk herauskam, sah mich Adrian stirnrunzelnd an.

»Auf dem Damm zu nass, um zu rauchen?«

Ich verdrehte die Augen.

»Deine Witze sind nicht grad gut.«

»Das war auch gar nicht beabsichtigt. Aber wenigsten bist du dazu bereit, mal ein paar Worte zu wechseln«, meinte er gelassen.

Irgendwie nervte er mich gewaltig und ich beschleunigte die Schritte, während ich mir eine Zigarette anzündete. Er seufzte und folgte mir. Wahrscheinlich fragte er sich mittlerweile, wieso er überhaupt mitgekommen war und war nicht der Einzige, der sich das fragte.

Bei Poly angelangt, zerdrückte ich die Zigarette auf dem Gehweg und klingelte im obersten Stockwerk. Ich musste mehrmals klingeln, bis endlich ein Wählton kam und jemand zwischen der Musik brüllte, wer zur Hölle so ein Sturmklingeln machte.

»Lass mich endlich rein, Poly«, erwiderte ich gereizt.

Und schon wurde die Haustür für uns beide geöffnet.

Wir mussten bloß noch in den fünften Stock hochlatschen.

Oben angelangt fiel mir Poly um den Hals und grölte mir ins Ohr: »Na endlich.«

Ganz offensichtlich hatte der Gute schon ordentlich was getankt und so wurde ich das Gefühl nicht los, ein halben Getränkeladen vor der Nase zu haben. Aber das konnte auch daran liegen, dass generell aus der Wohnung ein starker Alkoholgeruch herausströmte.

Er entdeckte Adrian hinter meinem Rücken, löste sich von mir und musterte den Fremden stirnrunzelnd.

»Und wer biste?«

Die Grammatik war ihm wohl schon entflohen.

Ich schob mich an Poly vorbei in die Wohnung hinein, hielt Ausschau nach den Getränken und brauchte nicht lange, bis ich sie entdeckte. Meine Blicke fielen umgehend auf den Studenten, den ich seit der Mensaparty vor drei Wochen unbedingt wiedersehen wollte.

Er stand auf dem Balkon mit einem anderen brillentragenden Nerd. Die beiden unterhielten sich angeregt. Ich schluckte.

Vermutlich war ich tatsächlich schon zu spät dran und er hatte einen anderen gefunden, an dem er Interesse hegte. Ich betrachtete ihn von meiner Position aus. Er war vielleicht einmeterachtzig groß, hatte ein schlankes Kreuz und schien ein sehr sportlicher Mann zu sein. Als Schutz vor dem eisigen Wind auf dem Balkon trug er eine dunkelblaue Daunenjacke. Der Nerd vor ihm war ein Stück kleiner als er und musste zu ihm aufsehen, um sich mit ihm zu unterhalten. Rosige Wangen und glänzende Augen.

Entweder vom Alkohol oder er war ganz hingerissen.

Ich wollte mich gerade abwenden, als sich die beiden umdrehten und sich daranmachten, wieder hinein in die Wohnung zu kommen. Der Student entdeckte mich. Von hier aus konnte ich sein Gesicht nicht ganz sehen, aber es erschien mir fast so, als würde ein freudiges Lächeln über sein sonnengebräuntes Gesicht huschen. Sicherlich ein Sonnenbankfreund.

Ich nippte an meiner Colamische und versuchte, ihn nicht ganz so offensichtlich mit den Augen zu verschlingen, als er auf mich zukam. Mein Herz begann vor Aufregung zu rasen. Shit, er war hier und wollte sogar mit mir reden.

Auf der Mensaparty hatten wir uns erst entdeckt, als wir alle viel zu betrunken und die Hemmungen längst gefallen waren. Wir hatten miteinander rumgemacht, waren aber dabei nicht auf den Gedanken gekommen, unsere Nummer zu tauschen.

Mich überraschte es, dass er sich an mich erinnern konnte und Poly nach mir gefragt hatte.

An dem Abend war ich zwar ordentlich betrunken gewesen, hatte ihn mir jedoch gottseidank nicht schön getrunken. Er war nicht wirklich mein Typ, aber wenigstens ein Typ, mit dem ich sprechen konnte und den ich mir nicht ausmalte. Da war es mir egal, dass er sich offensichtlich ein wenig mehr Gedanken als andere machte, wie gut er aussah und welche Klamotten ihm am besten passten.

Er grinste mich schief an, als er mich erreichte.

»Da ist ja der geheimnisumwobene Fremde.«

Ich musste schmunzeln und beugte mich zu ihm rüber, um ihm etwas lauter zu antworten – es war zwar nicht notwendig, so laut war die Musik nun auch wieder nicht, aber es schadete ja nicht.

»Geheimnisumwoben?«

»War ein ziemlicher Aufwand, herauszufinden, wer du bist«, erwiderte er amüsiert.

Ich zog ihn auf: »Hattest du nichts Besseres zu tun, als nach mir zu suchen?«

»Wir haben uns noch gar nicht richtig vorgestellt. Ich bin übrigens Thomas«, stellte er sich mir grinsend vor.

»Oh, ganz formell«, scherzte ich. »Also ich bin der Gideon.«

Ein Lachen ließ mich zusammenfahren. Keinen Moment später war Poly da und zwang mich, mich zu ihm umzudrehen, indem er mich an der Schulter fasste und mich zu sich herumdrehte. Er grinste unstet und lallte – ein sicheres Zeichen, dass er schon einiges intus hatte.

»Wer ist dieser komische Typ, den du da mitgeschleppt hast?«

Ich zuckte mit den Schultern.

»Ohne ihn konnte ich mich leider nicht loseisen.«

Poly schüttelte genervt den Kopf.

»Ach und jetzt überlässt du ihn mir?«

Ich hatte keine Lust, weiter um den heißen Brei herumzureden – ich wollte mit Thomas Zeit verbringen und Poly konnte ich immer sehen, also sollte er mir nicht so auf die Nerven gehen. Ich versuchte, ihn nicht so sehr anzumachen, wie ich es am liebsten getan hätte.

»Ist doch bloß für heute Abend. Danach ist der doch eh nie wieder dabei.«

Poly zog entrüstet die Augenbrauen zusammen.

»Der kennt hier keinen. Niemand hat ihn eingeladen. Du hast ihn hierher mitgeschleppt, also sorg du dafür, dass er sich nicht langweilt.«

9. November 2019

Ich wachte von einem lauten Summen auf, blinzelte gegen das grelle Sonnenlicht, welches in den Raum schien, und drehte mich ächzend auf den Rücken.

Ich schlief auf der ausgeräumten Couch von Thomas. Und eines war klar. Diese Schlafcouch war definitiv *nicht* zum Schlafen gemacht worden. Mein Rücken fühlte sich an, als hätte ich mich neben den Schafen im Stall ins Heu gelegt. Ich fuhr über das Gesicht und bereute es, dass ich gestern zu viel getrunken hatte. Mein Schädel trommelte fröhlich Kopfschmerzen in meine Schläfen und ich begann bereits, mich nach diesem nervtötenden Summen umzusehen, das noch immer nicht aufhören wollte.

Mein Handy vibrierte so stark auf dem glatten Laminat, dass es über den Boden glitt. Polys Name blitzte immer wieder auf dem schwarzen Display.

Ich stützte mich mit dem Ellbogen hoch und griff mit der freien Hand nach dem Handy.

»Hey, Poly …«, setzte ich an, aber Poly unterbrach mich wütend.

»Du bewegst deinen Arsch hierher. Du kannst dich nicht verpissen, wenn du – ohne zu fragen – einen Typen mitschleppst und ihn dann auch noch sitzen lässt.«

Ich fand Poly in seinem Zimmer, doch er war nicht alleine. Adrian saß auf seinem Sitzsack zwischen dem Bett und der Tür. Dieses Zimmer war ein Loch. Man konnte sich kaum drehen, ohne entweder gegen den Schrank oder gegen den Schreibtisch zu stoßen.

Poly saß auf seinem Bett und sah auf sein Handy, als er gereizt fragte: »Wenigstens guten Sex gehabt?«

Eine super Laune.

Ich schloss die Tür hinter mir und lehnte mich gegen den Türrahmen. Es war seltsam, aber ich fühlte mich zum ersten Mal wie ein Fremder hier. Ich fühlte mich schlimmer fehl am Platz als Adrian.

»Es tut mir leid, dass ich einfach so abgehauen bin«, äußerte ich in die angespannte Stille hinein.

Adrian schien sich sichtlich unwohl zu fühlen. Er fischte sein Handy aus der Hose und fixierte sich darauf, um ja nicht so auszusehen, als würde er uns zuhören müssen.

Ich wünschte mich auch gerade weg.

Gereizt schüttelte Poly den Kopf, warf sein Handy auf die Matratze und wandte sich dann mir zu.

»Du benimmst dich wie der letzte Vollidiot. Weißt du, in der ersten Zeit war es eine gute Ausrede, dass du bei deinen Eltern festsitzt, aber langsam reizt du es aus. Ich kann dich kaum noch leiden, wenn du mich anscheinend bloß benutzt, um Party zu machen.«

Ich zuckte zusammen.

13. November 2019

Poly und ich waren auf Facebook keine Freunde mehr. Ich hatte es so richtig verbockt. Zu allem Überfluss sollte ich heute auch noch Adrian helfen, eine Steinmauer auszubessern, die an eine Weide von unserem Hof grenzte. Es bestand die Gefahr, dass eines der Schafe ausbüchste und sich bei diesem Versuch über die Steine zu klettern vielleicht sogar verletzte. Natürlich war klar, dass der *Cityboy* die Mauer nicht alleine ausbessern konnte.

Aus dem Truck beobachtete ich Adrian dabei, wie er aus der Jugendherberge gejoggt kam und mir zuwinkte. Ohne es zu wollen, lächelte ich kurz zurück.

Adrian öffnete die Beifahrertür, sprang ins Innere des Wagens und lächelte mich fröhlich an.

»Hey.«

Ich ließ den Motor wieder an und fuhr vom Hof. Durch das Gewicht auf den hinteren Rädern spürte ich das beim Fahren. Ich fuhr extra etwas langsamer um die Kurven.

Adrian stellte eine richtig schöne, rhetorische Frage in die Stille hinein: »Du hilfst mir nicht freiwillig?«

»Die Mauer grenzt an das Gelände des Hofes«, sagte ich lapidar.

Ich spürte seinen Blick auf mir, während ich auf den unebenen Schotterweg fuhr, an dessen Ende unser Ziel lag.

Adrian machte mich nervös. Er hatte mehr über mich erfahren, als ich wollte, und das auch bloß, weil er mich noch für einen halben Tag mit nach Hamburg begleitet hatte.

Ich parkte so nah wie möglich an der Mauer, drehte den Schlüssel im Schloss und stieg aus. Adrian folgte, als ich mir den Schaden näher besah und den Truck umrundete, um zwei Handschuhpaare von der Ladefläche zu holen.

Ich nahm die schwarzen und reichte Adrian die grellgelben Handschuhe.

»Hier.«

Adrian beäugte argwöhnisch die Farbe, aber er zog die Handschuhe kommentarlos über.

»Hast du schon mal so etwas gemacht?«, wollte ich wissen.

Adrian schüttelte den Kopf.

Die erste Stunde verbrachten wir damit, Adrian beizubringen, wie man richtig flickte … beziehungsweise damit, seine Fehler beim Flicken auszubessern. Danach ging es ganz gut voran.

Zum Mittag waren wir fertig.

Bevor ich den Wagen startete, saßen wir noch nebeneinander und betrachteten das Ergebnis unserer Arbeit.

Adrian grinste in sich hinein und sagte dann zufrieden: »Tut gut, zu wissen, was man mit den Händen alles so machen kann.«

Oh ja. Aber da dachte ich mehr an etwas anderes, als er wahrscheinlich gerade meinte.

»Alleine hätte ich weniger Fehler gemacht und wäre schon fertig«, erwiderte ich nüchtern.

Das übermütige Grinsen in seinem Gesicht verschwand, stattdessen drehte er sich auf seinen Sitz so, dass wir uns ins Gesicht blicken konnten. Gereizt machte er mich an: »Was habe ich dir getan, Gideon? Ich habe versucht, darüber hinwegzusehen, dass du mich wie einen Haufen Scheiße in Hamburg behandelt hast und hatte gehofft, dass du deine Zeit bräuchtest, um warm zu werden. Stattdessen lässt du keine Gelegenheit aus, mir eine reinzuwürgen.«

Ich blinzelte Adrian verblüfft an.

Innerhalb von wenigen Tagen wurde ich zum wiederholten Male zusammengeschissen, dass ich unfair zu den Leuten in meiner Nähe war. Dass ich meinen Frust an ihnen ausließ.

Zerknirscht biss ich die Zähne zusammen und schaute aus der Windschutzscheibe hinaus. Fuck, Poly hatte durchaus recht. Ich hatte mich zum allerletzten Vollidioten entwickelt.

Ich schluckte angestrengt und ballte die Hände in meinem Schoß zu Fäusten.

»Es tut mir sehr leid. Ich hätte dich nicht so behandeln dürfen. Kann ich dich vielleicht zu etwas einladen und es wiedergutmachen?«

15. November 2019

Adrian wartete vor der Jugendherberge und lächelte mir zu, als sich unsere Blicke durch die Windschutzscheibe trafen und ich keine drei Meter vor ihm anhielt. Ich konnte es nicht verhindern, ebenfalls zurückzulächeln, auch wenn ich es total affig fand. Er öffnete die Wagentür und fragte während des Einsteigens: »Du willst also mit mir in die Dorfkneipe?«

Als ich vom Hof fuhr, erwiderte ich nüchtern: »Wir können auch zum Dönermann, wenn dir das lieber ist. Wir müssen dann aber im Auto essen.«

Adrian lachte überrascht auf.

»Du hast ja sogar Humor.«

Ich verdrehte die Augen.

»Haha.«

Die sogenannte Dorfkneipe war ein Drecksloch von einem Raum, der mit dunklem Holz verkleidet war. Das kaum vorhandene Dämmerlicht verdeckte, wie versifft die Bude in Wirklichkeit war.

California plärrte aus den kaputten Boxen der Jukebox. In den zwei Jahren, in denen ich nicht hier gewesen war, hatten sie die auch nicht ersetzt. Poly und ich hatten die Kneipe früher gemeinsam aufgesucht, als er seine Eltern zu Ostern besuchen war und wir etwas anderes machen wollten, als auf die Nordsee zu schauen.

Das Klientel dieser Kneipe war ausgesprochen anspruchsvoll. Das Feierabendbier sollte aus mehr als einem Pilsener bestehen und das bestmöglich dreihundertfünfundsechzig Tage im Jahr. Sie waren aber auch der einzige Grund, dass sich dieser Schank halten konnte.

Ich sah förmlich, wie Adrian versuchte, eine ausdruckslose Miene aufzusetzen, um ja nicht zu sagen, wie schlimm es hier aussah.

Während des ersten Bieres war es noch immer still zwischen uns. Langsam fragte ich mich, ob wir bloß

160

miteinander sprechen konnten, wenn ich ein Arschloch zu jedem war. Vielleicht sollte ich wieder eines werden, da würden wir dann ein paar Gesprächsthemen haben.

Um das unangenehme Schweigen zu brechen, versuchte ich, Smalltalk mit ihm zu führen.

»Was machst du eigentlich, wenn du deinen Eltern bei der Jugendherberge grade mal nicht hilfst?«

Adrian schien sich sichtlich unwohl bei der Frage zu fühlen. Na super, hätte ich nicht irgendetwas anderes fragen können? Vielleicht ... was er denn so gerne machte. Was seine Hobbys waren oder etwas Ähnliches.

Ich schluckte angestrengt, nahm mich zusammen und versuchte, ruhig zu bleiben.

»Wenn du mir nicht antworten willst, gut. Aber dann erzähl ich dir halt von meinem echt langweiligen Leben. Ich habe mein Abi gemacht. Ich war der Streber des Jahrgangs und hatte auch schon einen Platz an der Uni in Hamburg, um Psychologie zu studieren. Ich wollte mit Poly in der Welt umherreisen und dann mit ihm in Hamburg chillen.«

Adrian runzelte die Stirn und fragte mich neugierig: »Und wieso bist du noch hier?«

Ich grinste ihn verbittert an und sagte mürrisch: »Mein Onkel ist gestorben kurz bevor ich meine Zeugnisse bekommen habe. Mein Vater hat nicht das Geld, um einen Vollzeitangestellten einzustellen. Er musste damals eine Hypothek aufnehmen, um das abzudeckeln, was durch den Tod von Peter aufkam. Ich wusste ziemlich genau, dass er mich niemals drum bitten würde, aber er würde ohne mich den Hof wohl kaum weiterhin wirtschaftlich behalten können. Also bin ich geblieben, statt loszureisen oder zu studieren. Poly hat recht. Ich habs eine ganze Weile als eine Ausrede benutzt, um mich am Wochenende volllaufen zu lassen und mich daneben zu benehmen. Doch es ist keine Ausrede mehr.«

Adrian schüttelte den Kopf, verzog die Lippen zu einem dünnen Strich und starrte auf die dreckige Tischplatte. Ich war verwirrt – schließlich hatte ich mich ihm geöffnet und er schien sich nicht dafür zu interessieren, dass ich mich bei ihm entschuldigen wollte.

»Ich bestelle mir noch was. Möchtest du auch noch was?«, fragte ich verstört.

Ich wusste nicht, wozu wir hier sitzen sollten, wenn Adrian jetzt dichtmachte. Es war normalerweise mein Part, so stur zu sein.

Adrian murmelte etwas von einer Cola.

Als ich mit den Getränken zurückkam, hatte er seine Hände auf den Tisch gelegt und zu Fäusten geballt. Der Abend war vermutlich ziemlich am Ende.

Ich stellte ihm das Glas Cola vor die Nase. Mein Bier schmeckte schal – vermutlich stand es schon eine Weile im Lager, welches nicht gekühlt war. Schließlich waren das bloß extra Kosten.

Dann unterbrach Adrian die Stille: »Wenn wir jetzt schon bei den großen Themen sind. Aurelia und Björn sind nicht meine leiblichen Eltern. Björns Halbschwester war mit einem Isländer zusammen. Wahrscheinlich sieht man mir die isländischen Wurzeln nicht an. Keine Ahnung, Mann, aber als ich fünf war, sind die beiden bei einem Autounfall ums Leben gekommen. Björn und Aurelia haben mich seitdem großgezogen. Ich habe eine

Ausbildung nach der anderen angefangen und abgebrochen. Momentan mach ich gar nichts und wohne in der Jugendherberge. Ich helfe dabei, sie wieder schick zu machen und zur Saison muss ich schauen, was ich machen könnte.«

Ich hatte mir im Scherz schon gedacht, dass sie nie im Leben so miteinander verwandt sein konnten, doch … dass ich recht hatte, darauf wäre ich nie gekommen. Fuck, kein Wunder, dass Adrian so lange hier half, wenn er immer wieder was anfing.

»Brichst du die Ausbildungen ab, weil du sie von Anfang an nicht wolltest?«, wollte ich wissen, während ich weiter von meinem Bier trank.

Adrian verzog höhnisch die Lippen.

»Doch, ich hatte Lust auf die Ausbildungen, aber irgendwann wurden sie langweilig. Lass uns das Thema wechseln.«

Ich nickte. Das war mir ganz recht. Dass unser beider Leben am Arsch waren, konnte ich mir ausmalen, daher brauchte ich darüber nicht mehr ausführlich zu debattieren.

Am Auto schaute mich Adrian ungläubig an.

»Du wirst fahren?«

Ich grinste ihn übermütig an, hatte das Gefühl, dass man wirklich Spaß mit diesem Kerl haben konnte, und sagte provozierend: »Du kannst ja fahren, wenn du dich dann sicherer fühlst.«

Ich warf ihm den Schlüssel zu und ging zur Beifahrerseite, um mich reinzusetzen.

Adrian fuhr wie ein Fahranfänger: ruppig und super vorsichtig, weshalb ich beschloss, es dabei zu belassen. Ich wollte ihn nicht mehr als nötig mit seinen Defiziten aufziehen.

Aber dann, als er auch noch wie der letzte Idiot vor der Jugendherberge zu parken versuchte, fragte ich ihn doch: »Bei wem zur Hölle hast du deinen Führerschein gemacht?«

»Bei niemandem.«

Sprachlos starrte ich ihn an. Dann brach ich in Gelächter aus. Das war ja das Allerbeste. In Adrian steckte ja wirklich noch etwas.

Wie aus dem Nichts beugte sich der grinsende Idiot über die Mittelkonsole und drückte seinen Mund auf meinen. Erschrocken konnte ich mich zuerst einmal nicht rühren.

Dann erwiderte ich den Kuss.

Erstaunlicherweise erwiderte ich den Kuss.

17. November 2019

Der Abend mit Adrian war merkwürdig gewesen. Ich konnte es bloß darauf zurückführen, dass das Bier doch mehr bewirkt hatte als gedacht.

Ich konnte es noch immer nicht glauben, dass Adrian mich einfach so geküsst hatte. Was war denn in ihn gefahren?

Und wieso hatte ich den Kuss dann auch noch erwidert?

Ich hatte seitdem versucht, ihm aus den Weg zu gehen.

Dass er meine Nummer hatte, war da leider etwas unpraktisch. Er schrieb mir immer mal wieder, was mit mir los sei. Wieso ich ihn ignorierte. Oder wieso ich so ausflippte.

Ich wusste es ja selbst nicht.

Ich kannte Adrian nicht wirklich, hatte ihn bisher nur als den neuen Typen im Ort gesehen und nicht als den Typen, mit dem man potenziell etwas anfangen konnte.

Und jetzt wusste ich nicht, was er für ein Typ für mich war.

19. November 2019

Wenn du den Kuss nicht wolltest, dann lassen wir es dabei, aber ich würde es echt mies finden, wenn wir deswegen aufhören würden, miteinander zu sprechen. Außerdem ist es verdammt schwer, sich aus dem Weg zu

gehen, wenn wir in derselben Nachbarschaft wohnen. Melde dich, Adrian.

23. November 2019

Poly machte mir die Wohnungstür auf und runzelte die Stirn. Er fragte mich verwundert: »Was machst du denn hier?«

»Ich muss mich dringend bei dir entschuldigen, Poly«, sagte ich und lächelte ihn vorsichtig an.

Poly ließ mich in die Wohnung hinein.

War wahrscheinlich ein gutes Zeichen.

Ich hoffte es jedenfalls.

Poly und ich gingen in sein Zimmer und setzten uns einander gegenüber – er auf sein Bett und ich auf den Schreibtischstuhl.

»Ich habe mich in letzter Zeit echt egoistisch benommen. Ich hätte nicht nur auf mein Elend schauen, sondern mich zusammenreißen sollen. Du oder die anderen können nichts dafür, dass ich ursprünglich was anderes geplant hatte, als auf dem Hof zu arbeiten. Aber nun ist es so und ich sollte das Beste draus machen.«

Es tat gut, mich auszusprechen.

Poly schüttelte den Kopf und wandte sich halb von mir ab, als wäre er von meiner Ansprache nicht ganz so begeistert, wie ich es war.

Doch dann sah er mich wieder an, grinste höhnisch und sagte amüsiert: »Das hat aber gedauert. Ich war wirklich kurz davor, dir eine zu verpassen, damit du endlich mal bemerkst, dass du dich asozial benimmst.«

»Wieder Freunde?«, fragte ich leise.

Ich wusste, Poly hatte jedes Recht dazu, mir zu sagen, dass er keinen Bock mehr auf mich hatte und dass ich mich verpissen sollte.

»Klar.«

29. November 2019

Als ich aus meinen Arbeitsklamotten geschlüpft war, ging ich in die Küche. Meine Mutter kochte irgendwas. Als sie mich sah, sagte sie fröhlich: »Hey, dein neuer Freund Adrian sitzt oben und will mit dir reden.«

Ich wusste nicht, was ich sagen sollte.

Das war doch nicht sein Ernst. Er sollte mich in Ruhe lassen. Wenn ich mich bei ihm nicht meldete, hieß es wohl auch, dass ich nichts mehr von ihm wollte.

Ich lief die Treppe hinauf und öffnete die Tür.

Adrian stand von der Couch auf, als er mich sah, und lächelte verunsichert.

»Hey, Gideon.«

Ich hatte echt kein Nerv, mit ihm heute zu reden.

»Was willst du Adrian?«, fragte ich ihn gereizt.

»Ich würde gerne wissen, wieso du so ein Thema aus dem Ganzen machst«, ließ er mich genauso gereizt wissen.

Ich war kurz davor, ihn aus den Haus zu werfen. Aufgebracht erhob ich die Stimme: »Wieso hast du mich einfach so geküsst?«

»Vielleicht weil du nicht der einzige Schwule auf Erden bist. Und außerdem auch nicht gerade unattraktiv. Du bist zwar ein Arschloch, aber ich muss sagen, ich stand noch nie auf die Braven«, fuhr er mich an, fast so, als sei er wütend, dass er auf mich stand. Als könnte ich etwas dafür, dass er sich zu mir hingezogen fühlte.

Okay, jetzt war ich wirklich kurz davor, ihn rauszuschmeißen.

»Verpiss dich, Adrian.«

5. Dezember 2019

Hast du heute Zeit?, schickte ich die Nachricht an Adrian ab.

Ich musste mich bei ihm entschuldigen.

Es war kindisch gewesen, ihn wegzuschicken, bloß, weil ich nicht wusste, wie ich damit umgehen sollte. Ich hatte in den letzten Tagen nicht aufhören können, daran zu denken.

Selbst Poly hatte mich schon nach Adrian gefragt.

Ich hatte ihm gesagt, dass ich mich zwar mit ihm angefreundet, aber wir im Moment wenig Zeit hätten, um miteinander was zu unternehmen. Von dem Kuss hatte ich nichts erzählt. Poly hatte sich damit zufriedengegeben und sagte mir, dass ich ihn doch gerne mal wieder mit nach Hamburg nehmen sollte.

Würde ich ja gerne, doch nun war er derjenige, der mir aus dem Weg ging.

7. Dezember 2019

In der Küche schnappte ich mir einen Teller und ließ ihn mir von meiner Mutter mit Spaghetti Bolognese auffüllen.

Ich fing an, im Stehen mit der Gabel meinen ersten Bissen aufzurollen, als sie mit mir schimpfte: »Junge, setz dich hin wie ein zivilisierter Mann.«

»Jaja, Mutter«, sagte ich grinsend und setzte mich an den Küchentisch.

Ich hatte einen Mordshunger. Draußen war es hammermäßig kalt. Minusgrade und morgens war alles gefroren. Also sehnte ich das Ende des Winters herbei und hoffte auf Tage, an denen man nicht halb erfror, wenn man die Schafe auf die Weide trieb oder zurück in den Stall brachte.

»Nenn mich nicht Mutter. Das hört sich so altbacken an«, konterte sie schmunzelnd.

Sie füllte sich auch einen Teller und setzte sich zu mir an den Tisch.

»Hast du eigentlich was von Adrian gehört?«

Ich schüttelte den Kopf und schluckte meinen Bissen herunter, bevor ich ihr antwortete: »Nein, aber ich warte seit ein paar Tagen auf eine Nachricht von ihm, wann wir wieder zur Kneipe wollen.«

Sie schüttelte nur den Kopf. Meine Mutter hielt nicht besonders viel davon, dass ich Alkohol trank, aber sagte nichts Weiteres dazu. Wozu auch? Verbieten konnte sie es mir nicht und das wusste sie auch. Stattdessen bläute sie mir ein, dass ich nicht betrunken Auto fahren oder mir dann lieber ein Taxi nehmen sollte.

Wenn sie gewusst hätte, dass ich das letzte Mal Adrian, der noch nicht einmal einen Führerschein hatte, das Fahren überließ, hätte sie mir den Kopf abgerissen und Adrians gleich mit.

»Adrian ist in Island. Seine Großeltern leben in einem Vorort von Reykjavik und haben ihn für ein paar Tage eingeladen. Er ist vorgestern geflogen. Aurelia meinte, er käme am zwölften Dezember wieder. Hat er dir das gar nicht erzählt?«

Sie sah mich leicht verblüfft an.

Ich wusste nicht ganz, was schlimmer war. Dass Adrian weg war oder dass ich das von meiner Mutter erfuhr und nicht von ihm.

Kurz war ich am Überlegen, ihn anzurufen und zur Rede zu stellen … aber dann fiel mir ein, dass ich nichts in der Hand hatte, um mich so aufzuführen, als müsste sich Adrian bei mir abmelden, wenn er für ein paar Tage verschwand, um seine leibliche Familie besser kennenzulernen.

Ich aß schweigend meinen Teller leer, während ich mich fragte, wieso ich mich plötzlich so verletzt fühlte. Wieso ich mich so schlecht fühlte, weil er mich so hängen ließ.

Wahrscheinlich war es andersherum auch nicht besser, schließlich hatte ich ihn stehen gelassen, obwohl wir uns einander geöffnet hatten.

Wenn ich mir das so recht überlegte, war es wirklich nicht so unwahrscheinlich, dass Adrian sich zu mir hingezogen gefühlt hatte und auch glaubte, dass es vielleicht auf Gegenseitigkeit beruhte. Vor allem, da ich ihm so viel Aufmerksamkeit schenkte. Mittlerweile konnte ich mir gut vorstellen, dass ich ihm falsche Hoffnungen gemacht hatte, indem ich ihm von mir erzählte.

Vielleicht, wenn es anders herum gewesen wäre, hätte ich es auch falsch aufgefasst und ihn geküsst – einfach um zu schauen, ob ich richtig lag.

Und er hatte auf eine gewisse Art und Weise ja auch recht gehabt, ansonsten hätte ich mich nicht so aufführen und ihm gegenüber so verhalten müssen, als hätte er mir einen Staatsstreich gespielt.

Wenn er wieder in der Gegend war, musste ich mit ihm sprechen und die Sache zwischen uns geradebiegen, ja, vielleicht sogar in Betracht ziehen, dass zwischen uns zweien etwas war, das ich bisher leugnen wollte.

12. Dezember 2019

Durch Björn hatte ich erfahren, wann Adrian in etwa da sein würde. Ich ließ ihm noch etwas Zeit, um wieder anzukommen. Dann fuhr ich zu der Jugendherberge, um mit ihm zu reden.

Aurelia strahlte mich förmlich an, als ich sie an der Eingangstür fragte, ob ich zu Adrian könnte. Sie zog mich hinein und fragte mich, ob ich etwas zum Trinken oder etwas zum Essen haben wollte.

Das war ja schlimmer als bei meinen Eltern.

Als ich dann endlich bei Adrians Tür war und Aurelia mich in Ruhe ließ, musste ich mich kurz beruhigen. Es war merkwürdig, aber ich war furchtbar nervös und aufgeregt

– wie damals, als ich die Abiturprüfungen geschrieben hatte und nicht wusste, ob ich bestehen oder durchfallen würde.

Ich klopfte.

Das Herein kam etwas verzögert und ich öffnete die Tür.

Adrian saß an einem kleinen Schreibtisch und hatte bloß seine Boxershorts an. Roter Flaum zog sich von seiner Hüfte hinauf zu seinem Bauchnabel. Ansonsten schien er nicht gerade derjenige zu sein, der untätig zu Hause herumlungerte, sondern jemand, der auch ins Fitnessstudio ging, denn er hatte ein leichtes Sixpack.

Ich schluckte und riss den Blick von seinem nackten Oberkörper, um ihm ins Gesicht zu blicken. Er hatte tiefe Augenringe, als hätte er die letzten Tage schlecht oder kaum geschlafen. Seine Augen musterten mich gleichgültig.

Normalerweise war er freundlich oder – wie das letzte Mal – ironischerweise sauer auf mich. Voller Leben. Aber jetzt schien er müde und einfach nur ausgelaugt.

Ich betrat den kleinen, aber gemütlichen Raum und versuchte für den Anfang etwas Neutrales, fragte schelmisch: »Ich hab gehört, du warst bei deinen Großeltern. Und? Wie ist es in einem Vorort von Reykjavik? Schön grün und voller Kobolde?«

Er rollte genervt mit den Augen und brummte unwirsch.

»Was ist, Gideon? Du bist doch sicherlich nicht hier, um mit mir über Kobolde und Island zu reden.«

»Vielleicht ja doch«, scherzte ich versuchsweise, wurde dann aber wieder ernst. »Ne, ich wollte dich eigentlich fragen, ob du immer noch Interesse hast, mit mir zu quatschen. Ich hätte mal wieder Lust, mit dir was zu unternehmen.«

»Damit du mich am Ende wieder links liegen lässt und ich mich scheiße fühlen muss?«, fragte er mich provozierend.

Ich runzelte die Stirn. Was war denn in ihn gefahren?

»Kumpel, hey, alles gut. Ich will mich entschuldigen. Ich habe nicht an dich gedacht, sondern bloß an mich. Du hast mich überfordert mit deinem Kuss. Aber du hattest recht, deswegen müssen wir nicht aufhören, miteinander zu sprechen.«

Ich machte eine kleine Pause, um mich zu sammeln und mich nicht allzu sehr zu blamieren.

»Und vielleicht gibst du mir nochmal die Chance, den Kuss erneut auszutesten.«

Adrian stand auf und sah auf mich hinab. In seinen Augen konnte ich nicht erkennen, ob ich ihn nervte oder ob er mich gerade ernst nahm.

»Ich bin nicht dein beschissenes Experiment, Gideon. Such dir dafür doch jemand anderen. Ich bin mir sicher, Thomas würde nicht nein sagen.«

15. Dezember 2019

Adrian hatte ich seit Tagen nicht mehr zu Gesicht bekommen. Als ob er vom Erdboden verschluckt worden war ... oder mir bloß erfolgreich aus dem Weg ging. Ich hatte eigentlich vorgehabt, ihm heute einen Besuch abzustatten und ein Gespräch aufzuzwingen, damit ich das zwischen uns klären konnte.

Doch ausgerechnet heute sollte ich die zwei Weihnachtsbäume kaufen, sie danach mit meinen Eltern für den Heiligabend schmücken ... und dafür sollte ich auch noch eine Dreiviertelstunde rausfahren. Ein alter Freund von Peter besaß einen angelegten Wald mit Tannenbäumen in verschiedenen Größen. Schon seit Jahren bezogen wir von ihm unsere Weihnachtsbäume und daher konnte ich leider auch nicht einfach vor Ort welche kaufen.

Ich hielt nochmal bei unserem Supermarkt an, um mir eine Cola zu kaufen. Ich fühlte mich nicht so, als wäre es gerade erst 17 Uhr.

Als ich wieder herauskam, sah ich einen Rotschopf auf der anderen Straßenseite unter einer Laterne stehen ... Adrian.

Er hatte eine Flasche in der Hand, die einer Schnapsflasche verdammt ähnlich sah. Während ich die Straße überquerte, trank er fleißig einige Schlucke. Wahrscheinlich hatte er keine fünf Minuten vor mir den Alkohol gekauft.

Mich bemerkte er erst, als ich ihn ansprach.

»Schmeckt´s?«

Er erschreckte sich so sehr, dass er fast die Flasche fallen ließ.

»Fuck, Gideon. Schleich dich doch nicht so an.«

Er lallte nicht. Ein gutes Zeichen.

Ich erwiderte nicht, dass er mich hätte sehen können, und fragte stattdessen: »Hast du heute noch was vor oder trinkst du alleine?«

Ich blieb vorsichtshalber auf sicherem Terrain.

Adrian linste auf die Flasche in seiner Hand, wurde ein wenig rot, sagte aber provozierend, ohne mir dabei in die Augen schauen zu können: »Du kannst ja mittrinken.«

Ich hob eine Augenbraue.

»Jetzt?«

»Wann denn sonst? In tausend Jahren?«, scherzte er nicht besonders gut gelaunt.

Ich biss mir auf die Unterlippe und entschloss mich, ihn einfach mitzunehmen.

»Komm. Ich muss noch was erledigen, aber dann kannst du wenigstens in Gesellschaft was trinken.«

Adrian verzog den Mund. Ich überlegte, was ich noch sagen könnte, falls er doch absagte. Aber dann nickte er gedankenverloren und folgte mir zum Truck.

»Wohin musst du denn noch?«, brummelte er wie ein Bär.

Ich musste fast darüber schmunzeln, hielt aber lieber den Mund.

»Wirst schon sehen.«

Nach einer halben Stunde war die Schnapsflasche nicht unbedingt leerer geworden. Anscheinend schmeckte es ihm nicht – gut so, denn ich wusste nicht, was ich mit einem sturzbetrunkenen Adrian anfangen sollte. Er fragte recht nüchtern: »Mann, sagst du mir endlich, wo es hingeht?«

So oder so würde er ja jetzt nicht abhauen können.

»Ich soll zwei Tannenbäume holen. Nachher sollen die geschmückt werden. Ich dachte mir, es würde mehr Spaß machen, wenn du dabei wärst.«

Adrian legte den Kopf in den Nacken und ließ aufstöhnend die Luft hinaus.

»Ehrlich jetzt? Du schleppst mich mit, um beschissene Tannenbäume auszusuchen und zu fällen?«

Ich zuckte mit den Schultern.

»So langweilig ist es nun auch wieder nicht.«

»Ist klar«, meinte er ironisch und fing an, die Flasche wieder aufzudrehen.

Wir liefen zwischen den Tannenbäumen hindurch und ich suchte schweigend einen großen Baum, den wir auf den Hof stellen konnten. Jedes Jahr stand ein Baum beim Stall und einer in unserem Wohnzimmer. Am Stall durfte der Baum ruhig über zwei Meter hinausgehen.

Seit wir hier waren, war Adrian mucksmäuschenstill und trank hin und wieder vom Schnaps.

Ich war zu feige, um ihn nach dem Grund für sein seltsames Verhalten zu fragen. Es war einfacher, hier durchzugehen und die zwei Bäume auszusuchen, statt Adrian mit Fragen zu löchern.

Denn dieser blieb irgendwann hinter mir stehen. Ich drehte mich zu ihm um.

»Was ist los?«

Er sah sich stirnrunzelnd eine Tanne an.

»Nimm doch die da.«

Ich sah mir die Tanne genauer an, die er meinte. Sie war gar nicht so schlecht.

»Dann brauchen wir noch eine kleinere fürs Haus.«

»Wusstest du, dass sich Isländer Kleider zum Julfest schenken?«, begann Adrian plötzlich aus heiterem Himmel.

»Ähm, bis gerade eben nicht.«

Verwirrt beobachtete ich, wie er noch immer in die Bäume hinaufsah. Er setzte die Flasche wieder an.

»Meine Großeltern haben mir erzählt, wie sie Weihnachten feiern. Es heißt bei ihnen Jul. Angeblich gibt es dreizehn Zwerge, die die Geschenke an die Kinder verteilen. Wenn sie aber verschwunden sind, streift eine Riesenkatze umher. Sie heißt irgendetwas mit J. Unaussprechlicher Name. Du hättest dir das mal anhören müssen. Na, auf jeden Fall streift die Katze umher und frisst Kinder. Aber bloß Kinder, die keine Klamotten zu Jul geschenkt bekommen.«

»Soll ich dir ein Kleidchen schenken?«, scherzte ich grinsend.

Diese isländische Kindergeschichte hörte sich mehr danach an, als hätten die Eltern ihre Kinder damit vertröstet, da sie keine coole Geschenke bekamen … sondern Klamotten.

»Ne, ich fände es schöner, wenn du das Kleidchen bekämst.«

»Gut, aber dann hörst du jetzt auf zu trinken«, versuchte ich es.

Adrian sah zuerst die Flasche und dann mich an.

»Ziehst du es dann auch an?«

Sprachlos sah ich ihn an.

»Kindergröße oder Frauengröße?«

»Kindergröße natürlich, du Dödel. Kinder werden doch von der Riesenkatze gefressen und nicht die Erwachsenen.«

»Abgemacht.«

»Okay«, meinte Adrian und streckte mir die Schnapsflasche hin.

Wieso sollte ich die denn nun nehmen? Naja, solange er nicht weiter trank, war mir das lieber.

Ich fotografierte die ausgesuchte Tanne ab, schickte das Foto an meine Eltern und schrieb ihnen dann noch zusätzlich, dass uns Adrian beim Schmücken helfen würde. Wie zu erwarten war meine Mutter entzückt, dass ich offensichtlich noch andere Freunde hatte als Poly … obwohl Poly natürlich nicht dieselbe Anziehungskraft auf mich ausübte wie Adrian und ich Poly dementsprechend eher ungern küssen wollte. In den letzten Tagen war mir sowieso mehr als bewusst geworden, dass es sinnlos war, so zu tun, als wenn es nicht so gewesen wäre.

Ich sagte Adrian, er solle zurück zum Ausgang gehen und Bescheid geben, dass wir den ersten Baum hatten.

Gott sei Dank dauerte es nicht so lange wie bei dem ersten Baum, die zweite Tanne zu finden.

Zusammen mit einem Angestellten luden wir die beiden Tannen auf die Ladefläche des Trucks und schnürten sie fest, damit sie während der Fahrt garantiert nicht verrutschten.

Ich gab Adrian ein Pfefferminzbonbon, bevor wir zu meinen Eltern mit ins Haus kamen. Mein Vater und ich stellten den großen Baum am Stall auf, während meine Mutter Adrian dazu verdonnerte, den zweiten im Wohnzimmer aufzustellen.

»Hat Adrian etwa eine Fahne?«, wollte mein Vater grinsend wissen.

Ich lachte auf.

»Jepp. Ich zieh an Weihnachten ein Kinderkleidchen an. Das war seine Bedingung, nicht weiterzutrinken.«

»Was? Ich dachte, Poly und du seid schon durchgeknallt, aber Adrian toppt das Ganze wohl noch«, lachte er mit.

»Er ist merkwürdig drauf seitdem er in Island in diesem Vorort von Reykjavik war«, sprach ich meine Sorgen seltsamerweise bei meinem Vater aus.

»Björn und Aurelia meinten das auch. Sie machen sich Sorgen um ihn, aber er ist ständig unterwegs. Er hatte sich als Ausrede zurechtgelegt, dass er mit dir was unternehmen würde.« Er sah mich stirnrunzelnd an. »Das stimmte nicht, oder? Er war alleine weg.«

Ich nickte. Die gute Laune war futsch.

»Er hat mich ignoriert.«

Ich wusste nicht genau, wie es dazu gekommen war, aber nun schlief Adrian auf meiner Couch.

Als ich in mein Zimmer ging, war ich eigentlich davon ausgegangen, dass Adrian schon schlief. Doch als ich mich auf den Bettrand setzte, sagte er: »Wieso bemühst du dich jetzt plötzlich?«

»Weil ich davor ein Arschloch war«, erwiderte ich, während ich mich ganz aufs Bett setzte.

»Klar«, kam es aus der Dunkelheit.

Ich seufzte genervt und zog die Bettdecke über meine Beine, ohne mich aber gänzlich hinzulegen.

»Du hast dich echt zu einem absoluten Vollidioten entwickelt.«

»Das ist kein großer Unterschied zu dem Arsch, den du am Anfang gespielt hast«, konterte Adrian provozierend.

»Mag ja sein.« Ich war müde, deswegen sagte ich wohl auch das Unangenehme laut: »Aber du benimmst dich wie ein bockiges Kleinkind.«

Darauf kam mir bloß Schweigen entgegen. Ich schluckte. Wahrscheinlich würde ich morgen den ganzen Mist bereuen, also legte ich mich hin und betete, dass Adrian es nun einfach auf sich beruhen ließ.

Doch da enttäuschte er mich. Er stand auf und kam auf mein Bett zu. Alter, wollte er mir jetzt eine runterhauen? Ich packte sicherheitshalber die Decke zur Seite.

Er überrumpelte mich aber vollkommen, indem er mich aus heiterem Himmel küsste.

18. Dezember 2019

Ich wachte neben Adrian auf.

Erschrocken rückte ich von ihm weg und stand vorsichtig auf, darauf bedacht, ihn bloß nicht zu wecken. Ich verließ schnell mein Zimmer und ging ins Badezimmer, wo ich mich im Spiegel anschaute. Ohne es ganz zu wollen, breitete sich ein dümmliches Grinsen auf meinem Gesicht aus.

Shit, das war vielleicht eine Nacht gewesen.

19. Dezember 2019

Adrian saß vor mir, ein breites Grinsen auf den Backen.

»Kann's los gehen?«

Er meinte damit, dass wir einen Brotlaib, der mit einem ganz speziellen Rezept zu Jul gemacht wurde, backen wollten, damit wir was Isländisches hier an Weihnachten hätten. Ich war von der Idee gar nicht angetan, hatte aber zugesagt, weil es ihm so wichtig war. Ich mochte kochen nicht … und backen mochte ich noch viel weniger. Da musste man noch länger in der Küche stehen und irgendetwas machen, was überhaupt keinen Spaß machte. Aber ich lächelte bloß zurück und nickte.

»Jepp, Käpt'n, ich bin bereit. Es kann losgehen.«

Wir gingen in die makellose Küche der Jugendherberge und Adrian holte die Küchengeräte aus den Schränken. Ich fragte mich, ob er oft backte, doch nach einer halben Stunde hatte ich die Antwort.

Er war genauso untalentiert wie ich und wir versauten ein Brot, das man laut Rezept sehr leicht hätte zubereiten können.

»Scheiße, wieso ist das denn so verdammt schwer?«, fluchte er ungehalten und warf plötzlich eine der Plastikschüsseln von der Küchenfläche.

Ich zuckte erschrocken zusammen und sah mir den Schaden an. Die Plastikschüssel war noch am Leben, doch der Inhalt war nun über den Fliesenboden verteilt. Es war eine klebrige Masse aus Eiern.

Ich nahm mir einige Küchenpapiere und begann, die Sauerei aufzuwischen, während ich darauf wartete, dass Adrian sich wieder beruhigte. Zwar wusste ich, dass es ihm wichtig war, seinen isländischen Wurzeln irgendwie nachzugehen, aber ich hätte nicht gedacht, dass er so schnell die Geduld verlor.

Mit einem nassen Lappen und Spülmittel ging ich nochmal über die Fliesen, damit es im Nachhinein nicht klebte. Dann machte ich es trocken und wusch die Schüssel auch wieder sauber.

Ich drehte mich zu Adrian um, der sich noch immer nicht zu beruhigen schien.

»Wir können beide echt miserabel kochen und backen. Gibt es noch etwas anderes, was deine Großeltern dir von Jul erzählt haben? Etwas, das wir auch hinbekommen?«

Es dauerte eine Weile, bis Adrian wieder so weit bei Laune war, dass man normal mit ihm sprechen konnte.

»Wie sind deine Großeltern eigentlich so?«, wollte ich wissen.

Adrian lehnte sich zurück und stützte sich an das Bettende.

»Sie sind ziemlich traditionsbewusst. Wusstest du, dass es in Island in jedem Ort einen Elfenbeauftragten gibt? Meine Großeltern glauben tatsächlich an das Kleine Volk. Für sie existieren Elfen, Gnome, Kobolde, Zwerge und was es sonst so geben soll. Du hättest mal erleben sollen, wie ungläubig die beiden mich angesehen haben, als ich in ihrem Garten eine Efeuranke zur Seite geschoben habe, weil ich mir den Baum näher anschauen wollte. Oma hat mir tatsächlich auf die Finger geschlagen und mit mir geschimpft, als sei ich ein kleines Kind, weil ich die Elfen, die am Baum auf dem Efeu ihr Zuhause hätten, in Ruhe lasse müsse.«

Ich schmunzelte.

»Nehmen sie es dir denn böse, dass du ihre isländischen Riten und Traditionen nicht kennst? Dass du offensichtlich keine Ahnung von dem Kleinen Volk hast?«

»Müssen sie ja, schließlich bin ich ihr Enkel … und nachdem ihr Sohn gestorben ist, haben sie mich jahrelang nicht gesehen«, vertröstete er mich.

»Wieso sind sie nicht nach Deutschland gekommen? Sie hätten dich doch auch besuchen kommen können?«, gab ich zu bedenken.

Er zuckte mit den Schultern.

»Die beiden haben in ihrem ganzen Leben keinen Schritt von der Insel gemacht. Björn hatte mir immer gesagt, alte Menschen kann man sehr schwer dazu bringen, aus ihren Gewohnheiten und dem Trott herauszuholen. Ich war eine Weile wütend auf sie. Björn und Aurelia hätten mir einen Trip nach Island bezahlt, doch ich wollte es nie.«

»Und glaubst du immer noch, dass deine Großeltern es als einen Vorwand benutzen, Island nicht zu verlassen?«

Er runzelte nachdenklich die Stirn und sah angestrengt auf einen Punkt an der gegenüberliegenden Wand, als würde er genau darüber nachdenken.

»Ich glaube nicht, dass sie es absichtlich machen, um mich zu verletzten. Ich kann es mittlerweile verstehen. Sie leben in einer völlig anderen Welt, habe ich das Gefühl. Ich glaube, sie wären restlos überfordert, wenn sie hierher nach Deutschland kämen. Sie würden damit nicht zurechtkommen. Mit all den Menschen, mit all den Eindrücken.«

Ich fragte mich, ob es ihm half und er damit abschließen konnte, wenn er nicht mehr glaubte, dass seine Großeltern ihn nicht sehen wollten. Er hatte sich eindeutig verändert, seit er in Island gewesen war. Obwohl ich mir natürlich nicht sicher sein konnte, da ich ihn ja auch kaum kannte.

20. Dezember 2019

Adrian setzte sich auf die Bank vor dem Stall und schaute zu dem kahlen Tannenbaum hoch.

»Wieso schmückt ihr den hier nicht?«

Ich setzte mich neben ihn.

»Zu viel Arbeit, denke ich mal.«

Er holte sein Handy aus seiner Jackentasche heraus und scrollte in seiner Bildergalerie hin und her.

»Hast du Lust darauf, zu basteln?«

»Besser, als zu kochen oder zu backen, denke ich«, brummte ich, während ich auf die Strohfiguren schaute, die er mir zeigte.

Es waren Hirsche und Sterne, die mit rotem Band zusammengeschnürt waren und als Schmuck am Nadelbaum dienten.

»Ist das nicht etwas kompliziert?«

»Du musst ja nicht die ganze Zeit mitmachen. In der Jugendherberge ist nichts mehr zu tun und dann kann ich ja daran arbeiten.«

Ich blinzelte ihn erstaunt an.

»Wie viele willst du denn machen? Eine Massenproduktion?«

»Der Baum ist groß«, erwiderte er schlicht.

Na toll, der kniete sich ja voll rein.

»Okay, dann bedien dich am Stroh und ich kann ja auch welche basteln.«

Ich spürte den argwöhnischen Blick von Adrian auf mir. Ja, ich bastelte wohl nicht aus purer Leidenschaft zu Weihnachten.

21. Dezember 2019

Ich schaute auf den kleinen Esstisch. Er war voller Stroh, rotem Band und kleinen Haufen von fertigen Strohfigürchen. Am Fuß eines Tischbeins stand ein Eimer voller Reste des roten Bandes und Strohs, das man nicht mehr gebrauchen konnte.

Ich ließ mir von Adrian zeigen, wie er die Figuren machte, und brauchte definitiv eine halbe Ewigkeit, um ein verfluchtes Ding davon auf die Reihe zu bekommen.

Ich frage mich, wieso wir die bescheuerten Dinger nicht einfach kauften. Es wäre so viel einfacher gewesen, aber ich hielt lieber den Mund, bevor ich Adrian damit verletzte, dass ich das hier nicht so ernst nahm wie er.

Wir saßen wirklich lange daran, sprachen aber währenddessen kaum miteinander. Jeder von uns war auf die Handarbeit fokussiert.

Mein Handy klingelte irgendwann in die Stille hinein. Ich sah aufs Display.

Poly rief an.

Ich ging ran.

»Was ist los?«

»Wo bist du? Ich steh bei deinen Eltern«, lachte er in den Hörer.

Ich war zu überrumpelt, um sofort zu kapieren, was er von mir wollte.

»Was machst du bei meinen Eltern?«

Jetzt lachte er noch lauter.

»Vielleicht dich überraschen, du Vollpfosten.«

Adrian hörte auf, das Stroh in seinen Händen zusammenzubinden und sah mich fragend an.

»Was ist los?«

»Ich bin grad bei Adrian, kann aber gleich kommen«, meinte ich zu Poly, während ich sah, dass Adrian etwas verstimmt den Mund verzog.

Ich legte auf und sah Adrian stirnrunzelnd an.

»Das war Poly. Er ist über Weihnachten bei seinen Eltern. Ich fahr mal zurück. Ich hab ihn eine Weile nicht mehr gesehen.«

Der angespannte Zug auf den Lippen von Adrian entspannte sich und er sah mich von der Seite an.

»Wollt ihr alleine etwas unternehmen?«, fragte er.

Ich rutschte unruhig auf dem Stuhl hin und her. Er hatte mit seiner Frage ziemlich ins Schwarze getroffen, aber ich fühlte mich schlecht dabei, ihm das auch zu sagen.

»Wir können ja zusammen in die Kneipe«, schlug ich zögerlich vor.

Adrian seufzte und wandte sich mir mit einem fast schon genervten Gesichtsausdruck zu.

»Ey, sei ehrlich. Ihr kennt euch seit eurer Kindheit, natürlich habt ihr da mehr Bock, alleine was zu unternehmen. Wir beide haben Sex zusammen. Das heißt nicht viel.«

»Warte, was?« Ich kam nicht ganz mit. »Du glaubst, wir haben bloß Sex miteinander?«

War ich irgendwie im falschen Film gelandet?

Bildete ich mir etwa nur ein, dass zwischen uns mehr war als nur die Nächte zusammen? Ich schluckte angestrengt. Das konnte ich mir nicht vorstellen. Ich hatte ihm doch deutlich gemacht, dass er mir etwas bedeutete. Ansonsten wäre ich doch auch nicht hier gesessen und hätte mit ihm diesen Bullshit gemacht.

»Du hilfst mir doch bloß aus Mitleid«, konterte er nüchtern.

Wut entbrannte in mir und ich stand auf.

»Seh ich für dich aus, als würde ich mir darüber Gedanken machen? Ich bemitleide dich nicht, Adrian. Kapier doch, dass ich dich gerne hab und dir deshalb hierbei helfe. Mir bedeutet die Zeit mir dir etwas.«

Aber ich hätte auch sonst was sagen können … ich redete gegen eine Mauer. Adrian hatte sich abgeschottet. Meine Worte drangen gar nicht zu ihm durch.

Ich nahm mein Handy, welches ich auf den Tisch gelegt hatte, und schnauzte genervt: »Zick gerne rum, aber morgen steh ich wieder vor deiner Tür.«

Ich erwartete keine Reaktion von ihm und die bekam ich von dem Idioten auch nicht.

Poly und ich landeten wie jedes Jahr in unserer geliebten Kneipe.

Wir tranken – wie jedes Jahr – den widerlichen Punsch, in dem mehr Alkohol war, als uns gut schmeckte. Aber der Punsch verkaufte sich. Vermutlich, weil es irgendwie eine Tradition im Ort war, dass jeder sich mal in der Winterzeit hierher verirrte und das furchtbare Zeug zu sich nahm.

Poly grinste mich an.

»Läuft zwischen Adrian und dir eigentlich was?«

Ich blinzelte perplex und wich wie im Reflex aus: »Wie kommst du denn darauf?«

Er lehnte sich zurück und lachte in sich hinein.

»Thomas nervt mich wegen dir. Er scheint ganz verzückt zu sein. Aber du scheinst ihm nicht zu antworten. Normalerweise ergreifst du so eine Chance immer. Außer … außer wenn du dir etwas viel Besseres geangelt hast.«

Mit erhobenen Brauen sah er mich erwartungsvoll an, als erhoffte er sich ein super spannendes Backup, in dem es knallte und Action zu erwarten war.

Was sollte ich darauf bloß antworten? Ich hatte vor einer halben Stunde quasi eröffnet, dass ich fand, dass Adrian und ich ein Paar sein sollten … aber das war nur er selbst gewesen. Das auch einem Dritten zu erzählen, fühlte sich groß an.

Ich sah zur Seite und trank noch einen großen Schluck vom Punsch.

»Es läuft etwas zwischen uns. Nicht besonders lange, aber …«

Ich brach ab, weil ich nicht weiterwusste.

Poly grinste selbstgefällig.

»Als ihr beide bei mir in Hamburg wart, weißt du, da hab ich mich schon gefragt, wieso du so blind warst, dass du diesem aufgeblasenen Arsch Thomas hinterhergerannt bist, statt Adrian Beachtung zu schenken. Er hat nämlich auf dich geachtet. Er war derjenige, der genau wusste, wo du stecktest, als die Party vorbei war. Er hat auch während der Party immer wieder zu Thomas und dir geschaut.«

Ich sah Poly skeptisch an.

»Bist du dir sicher? Du warst da ziemlich betrunken.«

»Glaub mir oder glaub mir nicht. Er hat dich da schon gemocht.«

22. Dezember 2019

Adrian hatte wohl die gesamte Nacht weiter an den Strohfiguren gearbeitet, da der Haufen auf dem Esstisch gewaltig gewachsen war. Wenn er so weitermachte, konnte er hier glatt einen Weihnachtsladen eröffnen und richtig Asche machen.

Ich fand ihn in seinem Bett, wo er sich aufstöhnend herumdrehte, als ich sein Zimmer betrat und die Tür hinter mir zu zog.

»Hast du dich wieder zusammengerissen?«, fragte ich in die Stille, die mir entgegenschlug.

»Lass mich in Ruhe«, kam es aus den Gewühl der Bettdecke.

Mir fielen Polys Worte wieder ein, dass er mich schon damals gemocht haben sollte, als ich noch so verdammt kacke zu ihm gewesen war.

Er hatte Unrecht. Ich half ihm nicht, weil ich Mitleid hatte oder was auch immer, vielleicht in seinen Augen Schuldgefühle, weil ich ihn falsch behandelt hatte. Aber ich verstand auch, dass Worte nicht besonders halfen, damit Adrian das verstand.

Ich stand etwas unschlüssig im Raum, dann sagte ich: »Ich mach dann weiter mit den Strohfiguren. Schließlich wollen wir morgen fertig werden und sie aufhängen. Da liegt also noch etwas Arbeit vor uns. Kein Plan, wie lange du noch schlafen willst, aber ich bin in der Küche. Ich sag Poly Bescheid, dass er helfen soll. Dann können wir wirklich den gesamten Baum am Ende schmücken. Wäre ja echt langweilig, wenn nur die eine Seite schick aussähe.«

Wie gedacht fand Poly die Idee scheiße, aber machte brav mit.

Adrian schmollte noch immer in seinem Zimmer und Poly und ich machten uns Musik an, damit es nicht allzu langweilig war.

»Wieso machen wir das noch mal?«, fragte Poly dann irgendwann, nachdem er bei einer Sternenfigur das dritte Mal von vorne anfangen musste.

»In Island heißt Weihnachten Jul. Allgemein im nordischen Teil, Skandinavien und so, feiert man um die Wintersonnenwende immer das Fest des Lichtes. Der Winter geht vorüber und die Nächte werden nicht mehr länger, sondern kürzer. Es gibt einige Traditionen rund um Jul. Adrian und ich haben vieles ausprobiert, aber das einzige, was wir Idioten hinbekommen, sind diese Strohfiguren«, erklärte ich ihm.

»Ist euch recht spät eingefallen, alles vorzubereiten«, stichelte Poly.

Ich sah ihn böse an.

»Ist doch egal. Für mich kann es auch scheiße aussehen, aber ich möchte das mit Adrian zusammen machen.«

Poly sah mich etwas länger als erwartet an und schien nachzudenken.

»Ich hätte echt nicht erwartet, dass du jemals monogam werden würdest.«

Nun war ich so sprachlos, dass ich meinen Hirsch fallen ließ, der halbfertig auf dem Tisch wieder auseinanderfiel.

»Was hat das denn bitte damit zu tun?«

Adrian kam in dem Moment in die Küche.

»Das würde ich auch gerne wissen.«

Ich wurde unruhig und am liebsten wäre ich ganz woanders gewesen.

Poly grinste übers ganze Gesicht.

»Adrian, du hast ihn wirklich um den kleinen Finger gewickelt. Der würde wahrscheinlich auch nach Island fliegen und deinen Großeltern die Elfengeschichten abkaufen.«

»Das … das stimmt doch gar nicht«, stotterte ich peinlich berührt.

Adrian setzte sich zu uns an den Tisch und ein gemeines Grinsen prangte auf seinem Gesicht.

»Das würde ich gerne live sehen.«

»Da wäre ich dabei.«

Die beiden klatschten einander ab.

Na wunderbar, jetzt hatten sich die beiden auch noch gegen mich verbündet.

23. Dezember 2019

Poly hielt die Leiter, während ich die Strohdinger an den einzelnen Ästen anzubringen versuchte. Adrian hatte eine kleinere Leiter, auf der er ohne fremde Hilfe in die Höhe steigen konnte.

Es war fast mühsamer, als die Figuren an sich zusammenzubekommen. Die Äste waren voller Frost und teilweise sogar vereist. Es war nicht leicht, mit zitternden Fingern die feinen Bändchen um die Zweige zu winden.

Poly rief zu mir hoch: »Du bist vielleicht lahm. Geht das auch ein bisschen schneller da oben? Ich will endlich meinen wohlverdienten Punsch haben.«

Ich verdrehte die Augen.

»Halt den Mund oder mach es selber.«

Adrian hatte seinen allerersten Punsch dieses Jahr und Poly und ich warteten schon gespannt auf seine Reaktion.

Und sie war genau die, die wir uns erhofft hatten.

Er verschluckte sich und hielt sich eine Hand vor den Mund, während er versuchte, das Gesöff herunterzuschlucken. Als er es endlich schaffte, hustete er angestrengt und fragte mit zusammengekniffenen Augen empört: »Habt ihr gewusst, dass der Punsch so widerlich ist?«

Poly legte einen Arm um meine Schulter und beugte sich verschwörerisch zu Adrian hinüber.

»Sowas wäre doch voll gemein. Was denkst du denn von uns?«

24. Dezember 2019

Nach dem Weihnachtsessen trafen wir uns zu dritt am Stall bei dem Tannenbaum.

Mit meinem Geschenk unter dem Arm zündete ich mir eine Zigarette an. Ich war vermutlich der Erste, der fertig war.

Meine Eltern waren wie jedes Jahr nicht diejenigen, die lange aufblieben. Am nächsten Tag musste ja immer noch der Stall gemacht und die Schafe auf die Weide gebracht werden.

Doch ich täuschte mich. Adrian war auch schon da.

Er hatte eine Geschenkkiste unter den Baum gestellt und pustete sich gerade in seine Hände, damit diese etwas wärmer wurden.

»Hast du etwa Handschuhe vergessen?«, rief ich, als ich näher kam.

Er drehte sich lächelnd zu mir um.

»Ja. Aber nicht so schlimm. Schließlich ist es ein bisschen schwer, etwas auszupacken, wenn man Handschuhe an den Händen hat.«

Ich trat zu ihm und drückte meine Lippen auf seine. Eigentlich wollte ich ihn nur zur Begrüßung kurz küssen, doch es wurde dann zu einem längeren Kuss.

Ich ließ die Zigarette auf den Boden fallen, machte sie – hoffentlich – mit dem Fuß aus und schlang meine Arme um ihn, um ihn näher an mich heranzuziehen. Die Kälte der Luft um uns herum war gerade nicht wichtig. Eigentlich nahm ich nur Adrian wahr.

Als wir uns von einander lösten, hatten wir beide ein dümmliches Grinsen in den Gesichtern. Adrian fragte dann, während er rot wurde: »Wir sind ein Paar, oder?«

Ich wurde auch rot, obwohl ich eigentlich keinen Grund dazu hatte … schließlich war das bloß etwas, was mir schon klar war. Es dann doch laut auszusprechen, war schräg: »Ja.«

»Gut«, murmelte Adrian und wich dann vor mir zurück, um die glimmende Zigarette zwischen unseren Füßen ganz auszutreten.

Es dauerte nicht lange, dann war auch Poly da. Er hatte seine Hände tief in seiner Jacke vergraben und sah uns beide fragend an.

»Hab ich was verpasst? Oder wieso schaut ihr so bedröppelt drein?«

Adrian öffnete schon den Mund, aber dann ging ich schon dazwischen: »Lass uns die Geschenke auspacken.«

Poly grinste.

»Du hättest Tage vorher was sagen müssen. Ich hab nichts. Dein Geschenk steht noch bei meinen Eltern. Ich fand es blöd, dir eins mitzunehmen, wenn ich nichts für Adrian hab.«

Ich zuckte mit den Schultern.

»Bringt uns ja nicht um.«

Ich packte mein Geschenk und reichte es Adrian.

»Hier, damit die Riesenkatze dich nicht in der Nacht frisst.«

»Okay, Leute«, lachte Poly, »ich will für das nächste Jahr aber aufgeklärt sein. Das hört sich nämlich verdammt crazy an.«

Adrian gab mir mein Geschenk.

»Darauf, dass wir beide keine Opfer der räudigen Katze werden.«

Wir grinsten uns wie die letzten Deppen an. Dann fingen wir gleichzeitig damit an, unsere Geschenke auszupacken.

Ein Wollpullover war in der Kiste verpackt. Ich befreite ihn und stellte die Verpackung auf den Boden. Dann breitete ich den Pullover in der Luft aus. Die Grundfarbe war ein gedecktes Rot, darauf waren Mistelzweige mit weißen Beeren genäht worden. Am Hals war noch ein Rollkragen, der ein dunkleres Rot als der Rest des Pullovers hatte. Es sah aus, als wäre er selbst gemacht worden.

Adrian hielt ein olivgrünes Flanellhemd in den Händen, dazu eine passende grüne Wollmütze.

Irgendwie fühlte ich mich etwas unwohl mit meinem Geschenk. Seines war so spektakulär und meines … so verdammt schlicht. So langweilig.

Ich kratzte mich am Hinterkopf und versuchte, meine Nervosität herunterzuspielen.

»Ich weiß, wir haben von einem Kleidchen gesprochen, aber ich hab mir gedacht, das würdest du wahrscheinlich eher tragen.«

Er musterte die Mütze und fragte dann schmunzelnd: »Ist das die Wolle eurer Schafe?«

Ich nickte.

Mein Vater verkaufte immer mal wieder ein paar Ladungen Wolle unserer Schafe, die dann im Ort oder sonst wo als Mützen, Schals oder Handschuhe weiterverkauft wurde.

»Cool. Dann trag ich ab sofort nur noch diese Mütze im Winter«, strahlte er mich an. »Übrigens, den Pullover hat meine Oma gemacht. Die strickt alles Mögliche.«

26. Dezember 2019

Mein Vater steckte den Kopf in mein Zimmer.

»Kommst du bitte einmal runter? Wir müssen dir was sagen.«

Er sah mich verdammt ernst an.

Beunruhigt stand ich von der Couch auf und folgte ihm in die Küche. Was war denn bitte los? War jemand gestorben?

Mein Vater hatte damals auch so geschaut, als Peter gestorben war.

Meine Mutter saß schon am Tisch. Sie knetete die Hände, während sie nervös auf die Tischplatte stierte.

Ich setzte mich und sah zu den beiden, die nun nebeneinander saßen.

»Was ist los?«

Meine Mutter sah meinen Vater eindringlich an.

»Sag es ihm«, forderte sie ihn auf.

Verdammt, was war los?

Mein Vater schloss die Augen und atmete geräuschvoll aus, als würde er sich kurz sammeln müssen. Dann machte er die Augen wieder auf und sagte gerade heraus: »Wir verkaufen den Hof.«

Ich verstand nicht, was er da gerade gesagt hatte. Es wollte einfach nicht in meinen Kopf.

»Aber der Hof bedeutet euch doch alles.«

Mein Vater schüttelte bedauernd den Kopf.

»Nicht, wenn es bedeutet, dass wir dich davon abhalten, dein Leben zu leben. Ich seh doch, dass du dir etwas anderes wünschst. Du willst von hier weg. Du willst doch gar nicht hier sein.«

Nervös fragte ich: »Du verkaufst nicht meinetwegen den Hof, oder? Ich habe nichts dagegen, hier zu arbeiten, Dad. Ich finde es nicht …«

Er unterbrach mich lächelnd: »Alles gut, Gideon. Deine Mutter und ich können uns auch etwas anderes vorstellen, als unser Leben hier zu verbringen. Ich bin nie von hier weggekommen. Wir wollen den Hof verkaufen und dann auf Reisen gehen. Wir wollen die Welt sehen. Und du kannst machen, was du willst. Eine Ausbildung oder studieren gehen. Oder sonst was.«

~Skadi Lange

Über die Autorin

Skadi Lange, geboren 1998, lebt in Flensburg. Schon seit vielen Jahren liest sie vor allem Jugendfantasybücher. Irgendwann begann sie zu schreiben und es bildeten sich die ersten Ideen für Geschichten. Mit "Julzauber" erscheint ihr Debüt.

»Weine nicht,
Prinzessin. Das steht dir nicht.«

»Wenn du nicht willst, dass ich weine,
solltest du nicht sterben!«

Es ist wieder so weit: Das Julfest steht vor der Tür!
Wie bei jedem Mondfest kann die Albenprinzessin Kaarina es kaum erwarten, sich durch das Portal nach Midgard zu schleichen, um dort mit den Menschen zu feiern.
Doch in diesem Jahr ist etwas anders. Kaarina trifft auf einen Wolf, welcher in Wirklichkeit Zebe, der Heerführer der Albenarmee, ist.
Gemeinsam besuchen sie das Fest der Menschen und verlieben sich ineinander.
Aber dann werden sie von den schrecklichen Schattenwesen angegriffen und der Kampf ums Überleben beginnt.

EIN WOLF ZUM JULFEST

LILYANA RAVENHEART

Das Julfest – Prolog

Von jeher zelebrieren die Menschen das Julfest. Die dunklen Tage neigen sich dem Ende zu und das Licht wird neugeboren.

Doch nicht nur die Menschen feiern dieses besondere Fest. Auch bei den Alben hat es eine besondere Bedeutung, denn in der Woche des Julfestes öffnen sich die Portale der anderen Welten des Yggdrasil.

So ist es nicht verwunderlich, dass der ein oder andere Alb diese Gelegenheit nutzt und versucht, mehr über die Welten außerhalb des Albenreiches herauszufinden.

Kaarina schleicht sich davon

»Das ist nicht dein Ernst!«

»Würdest du endlich erwachsen werden und nicht immerzu fortlaufen, sobald die Portale offen stehen, wäre das nicht nötig.«

Wütend sah Kaarina ihren Bruder an und schnaubte verächtlich, ehe sie sich umdrehte und sich auf den Weg in ihr Schlafzimmer machte.

Das Julfest nahte und somit waren die Portale in die anderen Welten wieder offen.

Kaarina liebte diese Zeit, denn dann war sie nicht mehr im Reich der Lichtalben gefangen. Allerdings wusste ihr Bruder Aleksi, der König der Lichtalben, von ihrer Vorliebe, sich die Menschenwelt anzusehen. Deswegen bekam sie zu jedem Mondfest einen Soldaten an die Seite gestellt, die auf sie aufpassen sollte.

Nach all den Jahren war dieser Job inzwischen so unbeliebt bei den Wachen, dass Lose gezogen wurden, wer das Pech hatte, auf die Schwester des Königs zu achten.

An diesem Fest hatte es Hakon erwischt, der mit mürrischem Gesichtsausdruck er Kaarina überall hin folgte.

Aber als sie vor ihrem Schlafzimmer standen, drehte Kaarina sich zu ihm um.

»Du bleibst hier vor der Tür! Ein wenig Privatsphäre wird mir doch wohl vergönnt sein!«, machte sie ihm klar und bohrte ihm den Finger die Brust.

Hakon brummte schlecht gelaunt, nahm aber seinen Platz neben der Tür ein. Offensichtlich wollte er sich nicht mit der Schwester des Königs anlegen, wenn sie derart aufgebracht war.

Zufrieden ging Kaarina in ihr Schlafzimmer und verschloss die Tür hinter sich. Grinsend marschierte sie zu ihrem Kleiderschrank und holte das schöne, weiße Kleid mit Spitzenärmeln raus, welches sie für das diesjährige Julfest genäht hatte. Dazu wollte sie eine Tiara aus Silber und bestückt mit Diamanten tragen.

Doch das Kleid hängte sie erstmal zur Seite, die anderen Kleidungsstücke in ihrem Schrank wurden nach links und rechts geschoben, ehe sie sich einen warmen Mantel nahm und sich umlegte. Dann drückte Kaarina gegen die Rückwand ihres Schrankes. Diese gab einfach nach und ein verborgener Geheimgang wurde frei.

Grinsend verschwand Kaarina in ihren Schrank, verschloss die Schranktüren hinter sich wieder und setzte auch die Rückwand wieder ein, als sie auf der anderen Seite war.

Glücklicherweise wurde der Weg von Öllampen erhellt, die Kaarina regelmäßig auswechselte. So war es für sie kein Problem, dort entlang zu huschen.

Niemand kannte diesen Geheimgang, nicht einmal ihr Bruder. Als kleines Kind hatte sie ihn zufällig entdeckt, wie genau, daran erinnerte sie sich nicht mehr. Doch sie hatte dieses Geheimnis stets gehütet, sodass sie sich immer zurückziehen konnte, wenn ihr danach war.

Munter beschleunigte Kaarina ihre Schritte, konnte es kaum erwarten, das Reich der Menschen zu betreten und wieder Teil ihres Julfestes zu sein. Jul hier bei den Lichtalben war auch jedes Jahr etwas Besonderes, aber es war für sie auch immer förmlich und zeremoniell, eben weil sie die Schwester des Königs war.

Bei den Menschen hingegen ... es war gar nicht zu vergleichen mit dem Fest bei den Lichtalben. Sie konnte ausgelassen tanzen und ganz sie selbst sein, sie musste keine langweiligen Reden ihres Bruders anhören und auch nicht in schönen Kleidern eine Zierde sein.

Nach einigen Minuten endlich kam Kaarina bei der verborgenen Tür an. Vorsichtig öffnete sie diese und spürte sogleich den kalten Luftzug.

Es schneite.

Das konnte ein Problem werden, denn im Schnee würde man leicht ihre Fußabdrücke verfolgen können.

Dennoch war das Wetter wunderschön: Glitzernder Schnee und die Sonne schien.

Perfekt.

So wie alles in diesem Königreich. Das war der Fluch der Lichtalben.

Ewiger Perfektionismus.

Das war auch der Grund, warum Kaarina so gerne bei den Menschen war, denn dort ging es auch chaotisch zu, es gab schlechtes Wetter und nichts war so absolut perfekt wie hier im Lichtalbenreich.

Kurz überlegte Kaarina, was sie machen sollte. Einen Rückzieher machen? Ihr Bruder würde ihr bestimmt noch mehr Wachen auf den Hals hetzen, wenn er herausfand, dass sie schon wieder fortgelaufen war.

Nein, auf keinen Fall würde sie jetzt zurück gehen! Das würde ihn nur in dem Glauben bestärken, dass er mit ihr machen könne, was er wollte, nur weil sie seine kleine

Schwester war. Dabei konnte sie schon lange selbst auf sich aufpassen und das würde sie ihm auch beweisen.

Kurzerhand trat Kaarina nach draußen, schloss die schwere Holztür hinter sich und verwandelte sich anschließend in einen Luchs.

Wie jeder andere Alb hatte auch sie ein Seelentier und konnte sich in dieses verwandeln. Kaarinas Seelentier war der Luchs.

In dieser Gestalt würde sie sehr viel besser mitbekommen, wenn jemand sie verfolgte und im Wald würden ihre Pfotenabdrücke nicht weiter auffallen.

Ganz langsam setzte sie nun eine Pfote vor die nächste, lauschte mit ihren scharfen Ohren, ob sich jemand näherte.

Sie hatte Glück.

Niemand schien draußen zu sein.

Offenbar waren alle im Schloss und damit beschäftigt, das Julfest vorzubereiten.

Also beschleunigte Kaarina ihre Schritte, eilte hinüber zum Waldrand und verschwand schnell im Dickicht.

In einem Gebüsch blieb sie erstmal sitzen, schaute zurück zum Schloss und wartete ab, ob ihr wirklich niemand folgte.

Minutenlang saß sie dort, starrte unentwegt auf das prachtvolle Schloss.

Doch es kamen weder Wachen heraus, noch konnte sie einen Alarm hören. Man hatte ihr Verschwinden also noch nicht bemerkt. Da das Schneegestöber stärker wurde, würden auch gleich ihre Spuren verschwunden sein.

Zufrieden über ihre gelungene Flucht, lief sie noch ein Stück weiter in den Wald. Dann verwandelte Kaarina sich wieder in ihre eigentliche Gestalt zurück und ging noch tiefer hinein, sie wollte zu dem Portal nach Midgard.

Ihre langen, goldblonden Haare wehten im kalten Wind und Kaarina hüllte sich etwas mehr in den Umhang. Glücklicherweise war er mit weichem Pelz gefüttert, sodass er wirklich gut wärmte.

Immer näher kam Kaarina dem Portal, ihr Herz klopfte schneller vor Aufregung und Vorfreude.

Ein plötzliches Geräusch ließ Kaarina erschrocken stehen bleiben. Sie versuchte, etwas zu erkennen, sah aber nur einen dunklen Schatten inmitten des Schneegestöbers.

Vorsichtig näherte Kaarina sich dem Schatten. Erst als sie direkt vor ihm stand, erkannte sie einen Wolf mit dunklem Fell. Seine gelben Augen fixierten sie, sahen sie aber nicht bedrohlich an.

Als Kaarina versuchte, an ihm vorbeizugehen, trat der Wolf nach vorn und stellte sich ihr in den Weg.

Genervt seufzte Kaarina auf.

»Wirklich? Hat mein Bruder jetzt auch noch die Tiere auf mich angesetzt? Ich dachte, ihm gehorchen nur die Hirsche. Aber offensichtlich hat er es irgendwie geschafft, auch die Wölfe auf seine Seite zu ziehen«, grummelte sie schlecht gelaunt und kniete sich hin, sodass sie mit dem Wolf auf Augenhöhe war.

»Hör zu: Ich werde schon auf mich aufpassen, in Ordnung? Sag meinem Bruder, ich werde pünktlich zu unserem eigenen Fest zurück sein«, sagte sie und kraulte ihn hinter den Ohren.

Genüsslich schloss der Wolf seine Augen, ehe er sich wohlig brummend an sie schmiegte und nach mehr verlangte.

Kaarina musste lächeln.

»Du willst bei dieser Kälte rumschmusen?«, fragte sie amüsiert, als der Wolf sich schon auf den Boden warf und seinen Bauch präsentierte. Kaarina musste lachen, tat ihm aber den Gefallen und streichelte ihm den Bauch.

Aber dann wurde der Schnee immer dichter, man konnte kaum noch etwas erkennen.

»Wir sollten besser gehen. Am besten suchst du deine schützende Höhle auf und ich verschwinde schnell durch das Portal«, schlug sie ihm vor. Dem Wolf schien es nicht zu gefallen, sich wegen des Schnees Streicheleinheiten entgehen zu lassen.

»Du lebst doch hier, oder? Was hältst du davon, wenn ich in den nächsten Tagen regelmäßig zu Besuch komme und du bekommst dann ganz viele Streicheleinheiten und leckeres Fleisch aus dem Schloss?«, versuchte Kaarina, den Wolf abzuwimmeln. Dieser legte den Kopf schief, stand aber auf und schmuste sich nochmal an, ehe er im dichten Schneegestöber verschwand.

Ein wenig erleichtert stand Kaarina ebenfalls wieder auf und beeilte sich nun, zu dem Portal zu kommen.

Es dauerte eine gefühlte Ewigkeit, durch den inzwischen hohen Schnee zu waten und ans Ziel zu gelangen.

Doch dann kam sie an. Kaarina stand auf einer Lichtung, in dessen Mitte ein großer Baum stand. Es war eine uralte Eiche.

Entschlossen trat Kaarina auf den kahlen Baum zu und legte eine Hand auf den Stamm. Ein Portal in Form eines Wirbels, der die Umgebung verzerrte, bildete sich direkt über der Rinde des Baumes und Kaarina ging hindurch.

Das Fest

Mit leuchtenden Augen stand Kaarina in der Mitte des Dorfes auf dem großen Festplatz und beobachtete die Menschen.

Sie trugen festliche Kleidung und sahen glücklich aus. Die Kinder standen bei ihren Müttern und beobachteten mit großen Augen, wie ihre Väter das Holz aufeinander schichteten, um später das Julfeuer zu entzünden.

Ein kleineres Feuer brannte bereits und darüber hing ein Mastschwein, damit nachher auch alle satt wurden.

Kaarina sah zu einer kleinen Gruppe. Zwei Frauen standen dort mit mehreren Kindern und sie ließen einen Holzscheit herumwandern.

»Kaum zu glauben, dass sie wirklich denken, ein Holzscheit würde ihnen Wünsche erfüllen.«

Kaarina schrak heftig zusammen, als sie eine warme, brummige Stimme neben sich hörte.

Als sie sich zur Seite drehte, sah sie einen Lichtalben, der ihr irgendwie bekannt vorkam. Sie konnte aber nicht sagen, woher sie ihn kannte. Aber bestimmt war er ihr neuer Wachdienst, weshalb Kaarina gereizt reagierte.

»Hat mein Bruder dich geschickt, um mich zurück zu holen? Du kannst ihm sagen, dass er sich seine Befehle in den-«

»Niemand hat mich geschickt. Ich bin hier, weil ich verstehen will, was die werte Prinzessin so interessant an den Menschen findet«, erwiderte der Alb und musterte sie mit seinen goldbraunen Augen .

Kaarina blieb skeptisch, wandte aber den Blick von ihm ab und sah rüber zu den Menschen.

»Es sind nicht die Menschen, die ich faszinierend finde. Sondern vielmehr ihre Art, Feste zu feiern und dass ich hier nicht die brave Prinzessin sein muss«, erklärte sie ihm ruhig, ehe sie sich an ihm wandte.

»Wer bist du eigentlich? Ich bin die Schwester des Königs, ich sollte dich kennen. Und da du nicht gerade respektvoll mir gegenüber bist, hast du vermutlich eine sehr hohe Stellung«, fragte sie ihn. Der Lichtalb mit dem dunkelbraunen Haar verneigte sich vor ihr.

»Ich bin Zebe, der Anführer der königlichen Armee, normalerweise agiere ich im Hintergrund, sofern wir nicht in einem Krieg kämpfen«, stellte er sich vor, nahm ihre Hand und gab ihr einen Kuss auf den Handrücken.

Genervt seufzte Kaarina auf.

»Also doch ein Aufpasser«, grummelte sie, als Zebe sich wieder aufrichtete und sie angrinste.

»Wie ich schon sagte, Aleksi hat mich nicht geschickt. Ich habe gesehen, wie du durch das Portal gingst und bin dir gefolgt. Jedes Mal machst du meinen Männern unglaublich viel Ärger, also wollte ich sehen, warum du sie so leiden lässt«, erklärte er amüsiert, ehe er zur Mitte des Dorfplatzes nickte.

»Ich glaube, es geht los«, sagte er. Einen Moment lang noch sah Kaarina ihn skeptisch an, blickte dann aber zu den Menschen und beobachtete, wie sie das große Feuer entzündeten.

Erst dauerte es ein wenig, doch dann, ganz plötzlich, war das große Julfeuer da und alle applaudierten. Kaarina ließ sich von der feierlichen Stimmung mitreißen und klatschte ebenfalls in die Hände.

»Darf ich bitten?«, fragte Zebe und hielt ihr eine Hand hin, als einige Paare sich zusammenfanden und sich zum Tanz bereit machten.

Kaarina zögerte einen Moment. Sie traute ihm immer noch nicht so ganz. Warum sollte der Heerführer ihres Bruders ihr einfach so folgen, ohne die Absicht, sie wieder zurückzubringen?

Kaarina blickte Zebe in seine dunklen Augen und sah darin nichts weiter als den Wunsch, mit ihr zu tanzen.

Also lächelte sie und griff nach seiner Hand. Nun lächelte auch Zebe und führte sie zu den anderen Tanzpaaren.

Sobald die Musik erklang, ging er mit ihr in Position und zusammen drehten sie sich um das Feuer.

»Ich wusste gar nicht, dass Aleksis Soldaten so gut tanzen können«, sagte Kaarina, ehe sie sich an Zebes Hand herumwirbelte.

»Nun, seine Soldaten können auch nicht tanzen. Sein Heerführer hingegen schon«, erwiderte er und Kaarina lachte. In Zebes Augen erschien ein Funkeln und zog sie direkt in seinen Bann.

Amia und Lyra

Nach drei Tänzen zog Zebe Kaarina von der Tanzfläche.

»Ich denke, wir sollten uns eine kleine Pause gönnen«, sagte Zebe, woraufhin Kaarina nickte.

Gemeinsam gingen sie von der Tanzfläche und verschwanden in der Menschenmenge.

Gerade wollte Kaarina etwas sagen, als plötzlich ein kleines Mädchen in sie hineinrannte. Die Kleine hatte feuerrotes Haar und schien übermütig vor jemandem davon zu laufen.

»Oh, tut mir leid!«, sagte das Mädchen, ehe sie Kaarina mit großen Augen ansah. Kaarina wusste, dass sie für Menschen von übernatürlicher Schönheit waren, sie konnten aber nicht sehen, dass sie Alben waren, da Menschen nicht dazu in der Lage waren, magische Wesen zu erkennen. Für sie sahen sie einfach wie Menschen von unnatürlicher Schönheit aus.

»Ach, das macht doch nichts«, antwortete Kaarina mit einem Lächeln.

»Vor wem läufst du denn davon?«, fragte Zebe und kniete sich vor das Mädchen. Sie war vielleicht vier Jahre alt.

»Lyra, warte!«, jammerte nun ein anderes Mädchen, welches in der Menge auf sie zukam.

»Vor meiner Schwester. Wir spielen fangen und sie verliert«, antwortete das rothaarige Mädchen kichernd und versteckte sich hinter Zebe.

Amüsiert beobachtete Kaarina die Kleine, als auch schon die Schwester dazu kam, in den Armen trug sie einen schwarzen Kater mit weißen Pfötchen, der alles andere als begeistert zu sein schien. Das Mädchen hielt ihn allerdings auch nicht gerade vorteilhaft, die Beine des Katers baumelten unter ihren Armen hin und her, als sie hinter ihrer Schwester herlief.

»Lyra!«, rief das braunhaarige Mädchen. Sie schien kurz davor zu sein, zu weinen.

»Amia, weine doch nicht immer, hier bin ich!«, sagte nun das rothaarige Mädchen und kam hinter Zebe hervor.

Bevor noch einer etwas sagen konnte, sprang der Kater aus den Armen des Mädchens, stellte sich beschützend vor sie und fauchte Kaarina und Zebe wild an.

»Armas, hör auf!«, schimpfte das Mädchen mit dem Namen Amia. Aber der Kater hörte nicht auf, machte sogar noch einen gefährlichen Katzenbuckel und knurrte und fauchte weiter.

»Was hat er denn?«, fragte jetzt Lyra und stellte sich vor den Kater, welcher allerdings nur Kaarina und Zebe fixierte.

Kaarina schluckte und sah zu Zebe, welcher nickte. Er hatte es also auch bemerkt. Dieser Kater war kein gewöhnlicher Kater, er gehörte zu den Dunkelalben.

Sofort blickte Zebe sich um und auch Kaarina folgte seinen Blicken, während die Mädchen noch immer den Kater dazu aufforderten, sich wieder zu beruhigen.

»Dort!«, sagte Zebe plötzlich, sodass nur Kaarina ihn hören konnte. Sofort sah sie in die Richtung, in die er deutete und erkannte einen Raben, der sie beide gefährlich anblickte und eine mächtige Aura ausstrahlte.

»Myrkvi!«, flüsterte Kaarina und griff unwillkürlich nach Zebes Hand.

»Ja. Tut mir leid, Kaarina, aber wir sollten lieber verschwinden. Mit dem Prinzen der Dunkelalben sollten wir uns besser nicht anlegen, es könnte einen Krieg herausfordern«, murmelte Zebe. Kaarina nickte traurig und kniete sich zu den Mädchen herunter.

»Ich wünsche euch beiden noch ein schönes Julfest. Lyra, du solltest deine Schwester nicht so ärgern, sie ist wirklich lieb«, sagte sie sanft und legte dem Mädchen eine Hand an die Wange.

In dem Moment durchzuckte sie plötzlich eine Vision. Kaarina sah ein zerstörtes Land, sie sah Aleksi, wie er auf einer hohen Mauer stand und gegen tausende Schatten kämpfte.

Kaarina war wieder im Hier und Jetzt, aber bevor sie etwas sagen konnte, war plötzlich Myrkvi in seiner Rabengestalt da und flatterte bedrohlich nah über ihrem Kopf, pickte nach ihr und krächzte wild. Mit seinen Flügeln erzeugte er einen starken Wind, was sicher seinen Elementarkräften zuzuschreiben war.

»Wir gehen ja schon!«, sagte Kaarina, griff erneut nach Zebes Hand und lief mit ihm zurück zum Portal.

Zurück

»Da seid ihr ja, wo seid ihr gewesen?«

Kaarina rollte mit den Augen und sah ihren Bruder genervt an. Auch wenn er der König war, für sie war er nur ihr Bruder.

»Ich habe auf Eure Schwester aufgepasst, wie Ihr es gewünscht habt, mein König. Kaarina wollte, wie Ihr erwartet habt, nach Midgard, doch ich konnte sie zu einem Spaziergang im Wald überreden und ihr die Flausen aus dem Kopf treiben«, antwortete Zebe und Kaarina spürte seine starke Hand an ihrem unteren Rücken, was sich seltsam vertraut und schön anfühlte.

Überrascht sah sie ihn an.

Wenn Aleksi herausfand, dass er ihn angelogen hatte, konnte das Zebe einiges kosten. Aber sie würde ihn gewiss nicht verraten.

Das Julfest bei den Menschen war wirklich schön gewesen und das hatte sie vor allem Zebe zu verdanken.

Aleksi nickte zufrieden.

»Sehr schön. Meine kleine Schwester wird also endlich erwachsen«, sagte er.

Erneut rollte Kaarina mit den Augen, trat auf ihren Bruder zu und kniff ihm in die Wange.

»Keine Angst, großer Bruder. So schnell werde ich nicht erwachsen«, antwortete sie ihm und streckte ihm die Zunge heraus.

Aleksi seufzte auf und wandte sich dann Zebe zu.

»Pass weiter auf sie auf, bis der Mondzyklus vorbei ist und die Portale wieder verschlossen sind«, wies er seinen Heerführer an. Zebe verbeugte sich vor Aleksi und wandte sich dann Kaarina zu.

»Ich bringe dich zu deinen Gemächern. Nur, um sicher zu gehen, dass du nicht verschwindest«, sagte er zu ihr, legte einen Arm um ihre Mitte und führte sie den Korridor entlang.

»Du hast ihn angelogen«, sagte Kaarina, sobald sie außer Hörweite waren.

Zebe sah schweigend nach vorn und zuckte nur mit den Schultern.

»Der König hat schon genug Sorgen. Während der Mondfeste müssen die Portale gut bewacht werden, damit keine Feinde in unser Reich eindringen. Ich musste ihm nicht noch erzählen, dass seine Schwester nach Midgard gereist ist, ohne dass es jemandem aufgefallen ist und dass es einen Zwischenfall mit Myrkvi gab. Auch wenn ich wirklich gern wissen würde, was mit den beiden Mädchen zu tun hat«, sagte er schließlich.

»Danke«, antwortete Kaarina und schenkte ihm ein kurzes Lächeln, ehe sie auch schon an ihrem Schlafzimmer ankamen.

Als Hakon die beiden erblickte, sah er sie mit großen Augen an.

»Aber- Ihr seid doch in Eurem Zimmer verschwunden! Ich stand die ganze Zeit hier an der Tür!«, sagte er und konnte nicht glauben, dass ihm die Prinzessin entwischt war.

Zebe musterte den Soldaten streng.

»Du hast also nicht mitbekommen, dass die Prinzessin stundenlang fort war? Du hast Glück, dass ich sie gefunden habe und ihr nichts passiert ist. Der König würde dich hinrichten lassen! Verschwinde, ich werde wohl selbst auf sie aufpassen müssen!«, fuhr er Hakon an, der plötzlich ganz klein wirkte.

»Es tut mir leid, ich hätte besser aufpassen müssen«, entschuldigte er sich kleinlaut.

»Ja, allerdings! Und nun verschwinde!«, erwiderte Zebe barsch.

Hakon verlor keine Zeit und sah zu, dass er sich entfernte, bevor er wirklich noch Zebes Zorn zu spüren bekam.

»Du hättest wirklich nicht so streng sein mit ihm sollen. Bisher habe ich es noch bei jedem deiner Soldaten geschafft, zu verschwinden«, sagte Kaarina und schloss ihre Tür auf.

»Und genau deswegen hätte er besser aufpassen sollen«, antwortete Zebe und ging in Kaarinas Schlafzimmer, als sie aufgeschlossen hatte.

»Bekomme ich keine Privatsphäre?«, fragte sie und legte den Kopf schief.

»Das letzte Mal hast du dich davon geschlichen. Ich werde hier bleiben«, stellte Zebe klar.

»Und wenn ich mich umziehen möchte? Ich werde wohl kaum in diesen Kleidern schlafen und morgen erneut darin herumlaufen!«

»Ich drehe mich einfach um, ich bin schließlich kein Spanner.«

Fassungslos sah Kaarina ihren neuen Wachdienst an. Es schien sein Ernst zu sein.

»Gut, dann dreh dich um!«, forderte sie ihn auf.

Zebe tat, wie sie ihm befohlen hatte und kehrte ihr den Rücken zu. Kaarina war versucht, ihn zu testen. Aber für heute war genug geschehen und sie wollte nur noch ins Bett. Morgen fand schließlich auch das Julfest hier im Albenschloss statt und da musste sie ausgeschlafen sein.

»Erzählst du mir, was du gesehen hast?«, fragte Zebe, als Kaarina ihr Kleid auszog und sich in ihr Bett legte.

»Was meinst du?«, fragte Kaarina zurück und deckte sich zu.

Zebe drehte sich wieder zu ihr um und sah sie wachsam an.

»Als du die Mädchen berührt hast, hattest du eine Vision. Ich habe es an deinem Blick gesehen, irgendetwas hat dich schockiert«, antwortete er ihr.

Kaarina schluckte und überlegte, ob sie ihm davon erzählen sollte. Doch er schien es ohnehin zu wissen und so, wie er sie ansah, würde er nicht nachgeben, bis er die Antwort kannte.

»Ich habe Aleksi gesehen. Er kämpfte gegen Schatten. Aber was das zu bedeuten hat, weiß ich nicht«, erzählte sie ihm schließlich.

Zebe nahm seinen Posten an der Tür ein und sah sie schweigend an.

»Du hast gesehen, wie er gegen Schattenwesen kämpfte«, sagte er schließlich und Kaarinas Augen wurden groß.

»Schattenwesen. Aber wie ist das möglich? Aleksi ist hier sicher, die Schattenwesen können nicht in unsere Welt eindringen«, fragte sie leise.

»Bisher waren die Schattenwesen nur Herr über die Welt der Dunkelalben, das stimmt. Denn dort ist es sehr düster, die Dunkelheit stärkt sie, wohingegen das Licht sie schwächt. Aber wer weiß, zu was sie noch fähig sind. Vielleicht gelingt es ihnen doch irgendwann, in unser Land vorzudringen und uns zu vernichten. Deswegen ist es umso wichtiger, dass die Portale bewacht werden, wenn sie, so wie jetzt, für jeden offen sind. Aleksi weiß das und ist deswegen besonders wachsam und besorgt zu dieser Zeit«, antwortete Zebe ihr ruhig.

Nachdenklich sah Kaarina ihn an. Sie hoffte, dass diese Schattenwesen niemals hierher vordringen würden. Sie hatte als kleines Kind gesehen, was mit dem Reich der Dunkelalben geschehen war. Nichts als Tod und Zerstörung gab es dort.

»Willst du die ganze Nacht in meinem Schlafzimmer stehen und aufpassen, dass ich nicht fortlaufe?«, fragte Kaarina schließlich, pustete die Kerzen auf ihrem Nachtschrank aus und sah in der Dunkelheit zu dem Heerführer.

»Mich kannst du nicht so leicht austricksen, Prinzessin«, erwiderte Zebe und selbst in der Dunkelheit konnte Kaarina sein freches Grinsen erkennen, welches ihr einen Schauer über den Rücken jagte. Es gefiel ihr nicht, dass sie so streng bewacht wurde, doch andererseits musste sie zugeben, dass sie sich in Zebes Gegenwart seltsam wohl und geborgen fühlte. Bei ihm konnte ihr nichts passieren, das wusste sie tief in ihrem Inneren.

Schon seltsam, wenn man bedachte, dass sie ihn eigentlich gar nicht kannte.

Seufzend ließ sie sich zurück in ihre Kissen sinken und schloss die Augen. Hoffentlich fand sie ein wenig Schlaf.

Doch das einschlafen war nicht so einfach wie normalerweise. Sie spürte stets Zebes wachsamen Blick auf sich. Und auch, wenn es sich schön anfühlte, so sorgte es auch dafür, dass sie zu aufgeregt war.

Erst, als es fast wieder hell wurde, war sie schließlich so müde, dass sie endlich einschlief.

Der Wolf

Am nächsten Morgen wurde Kaarina von dem Trubel vor ihrem Schlafzimmer geweckt.

Müde blinzelnd öffnete sie die Augen und sah, dass sie allein war. Zebe hatte seinen Posten also doch verlassen, was seltsamerweise ein Gefühl der Enttäuschung in ihr hervorrief.

Aber nur einen Augenblick später schon öffnete sich die Tür und Zebe kam zu ihr herein.

Als er bemerkte, dass sie wach war, sah er sie an.

»Entschuldige den Lärm, Prinzessin. Alle bereiten sich auf das Fest vor und sind schon ganz aufgeregt«, erklärte er und Kaarina setzte sich auf.

Verwundert sah sie zu ihrem Fenster, denn normalerweise herrschte so früh am Morgen noch kein solcher Trubel, egal, wie sehr man sich auf etwas freute.

Es war schon hell.

»Wir haben Mittag«, beantwortete Zebe ihre unausgesprochene Frage und sofort war Kaarina hellwach.

»Es ist schon so spät?«, fragte sie, sprang aus ihrem Bett und eilte zu ihrem Kleiderschrank. Aus den Augenwinkeln nahm sie wahr, wie Zebe sich wieder umdrehte, damit sie sich ankleiden konnte.

Erneut war Kaarina versucht, den Heerführer zu testen. Sollte sie es wagen, fortzulaufen?

Ihr fiel der Wolf ein, dem sie versprochen hatte, ihn zu besuchen.

»Aleksi ist bestimmt schon lange auf den Beinen. Hat er sich schon hier blicken lassen?«, fragte sie, laut genug, dass er nicht hörte, wie sie die Rückwand ihres Kleiderschrankes öffnete.

»Nein, dein Bruder war noch nicht hier. Er hat heute aber auch sehr viel zu tun. Es würde mich ehrlich gesagt nicht wundern, wenn du ihn erst heute Abend auf dem Julfest zu sehen bekommst«, antwortete Zebe, während Kaarina lautlos und in einen Umhang gehüllt in den Geheimgang verschwand und so leise wie möglich die Rückwand wieder einsetzte.

So schnell sie nur konnte eilte sie den Geheimgang entlang, bis sie endlich wieder an der schweren Holztür ankam.

Doch kaum trat sie an die frische Luft, kam ihr der Ausriss lächerlich vor. Was hatte sie sich nur dabei gedacht? Und wo wollte sie jetzt eigentlich hin? Wie ein kleines Kind hatte sie sich verhalten. Sie trug nur in ihr Nachthemd und dem Umhang, der sie ein wenig wärmte.

Den Wolf hätte sie auch später noch besuchen können, Zebe hätte sie sicher begleitet.

»Netter Trick. So bist du meinen Wachmännern also immer entkommen.«

Erschrocken wirbelte Kaarina herum und sah direkt in Zebes Gesicht. Er stand vor ihr und hatte die Arme vor der Brust verschränkt.

»Darf ich fragen, wo du halbnackt hinlaufen möchtest?«, fragte er sie.

»Ähm, also ich ... also ich wollte nur ...«, stammelte sie, als Zebe ihr ein warmes Kleid und Schuhe hinhielt.

»Hier, zieh das an, bevor du noch krank wirst. Und diesmal lasse ich dich nicht aus den Augen!«

Kaarina schluckte.

Sie nahm Kleid und Schuhe entgegen, zog sich unter Zebes strengem Blick an und sah dann schuldbewusst zu ihm.

»Ich wollte nur nach meinem Freund dem Wolf sehen! Ich habe ihm gestern versprochen, wieder zu kommen!«, versuchte Kaarina, sich rauszureden.

Zebe hob eine Augenbraue.

»Achso? Du wolltest also nur in den Wald, um einen Wolf zu besuchen? Dafür hättest du dich nicht davon schleichen müssen. Abgesehen davon, wird dein Wolfsfreund nicht dort sein«, antwortete er ihr.

»Warum? Weshalb sollte er nicht dort sein?«, fragte Kaarina, nun ein wenig bockig. Offenbar wollte Zebe sie wieder in ihrem Zimmer einsperren, aber das würde sie nicht mit sich machen lassen.

Zebe antwortete nicht.

Stattdessen grinste er, als plötzlich Fell aus seinem Gesicht spross und er sich in einen Wolf verwandelte.

In ihren Wolf.

Sprachlos und mit offenem Mund stand Kaarina da und konnte nicht glauben, dass Zebe der Wolf war.

Während sie noch immer versuchte, dies zu realisieren, kam er auf sie zu und stupste mit der Schnauze ungeduldig ihre Hand an, damit sie ihn streichelte. Dies löste Kaarina aus ihrer Starre und sie kniete sich vor ihn.

»Das hättest du mir ruhig früher sagen können«, grummelte sie schlecht gelaunt und zog ihm kurz am Nackenfell, ehe sie ihn dann aber streichelte. »Und ich dachte, du wärst ein Wolf aus dem Wald, der nichts zu fressen findet. Aber nun, wenn ich dich genauer betrachte ... du bist ein ziemlich dicker Wolf. Auf keinen Fall hast du Hunger gelitten«, fuhr sie fort und Zebe knurrte kurz, ehe er sich an sie schmuste.

»Ich wette, als Mann würdest du dich das nicht trauen«, forderte Kaarina ihn heraus, was zur Folge hatte, dass ihr Herz wild raste. Würde er die Herausforderung annehmen und ihr in seiner Albengestalt ebenfalls so nahe kommen?

Seit dem Fest gestern spielten ihre Gefühle in seiner Gegenwart ganz verrückt.

Die Schattenwesen

In seiner Wolfsgestalt blickte Zebe Kaarina an und für einen Moment lang sah es so aus, als würde er ihre Herausforderung annehmen. Aber dann sprang er zur Seite und schaute sie auffordernd an, sie sollte ihm folgen.

Fragend sah Kaarina ihn an, ging ihm aber nach. Zebe führte sie in den Wald hinein und zu einer kleinen romantischen Lichtung. Ein kleiner Bach floss hier entlang, aus welchem der Wolf ein wenig trank. Aber als Kaarina neben ihm stand, sprang er plötzlich in das eiskalte Wasser und spritzte sie nass.

»Iiih! Zebe lass das, das ist kalt!«, quietschte Kaarina, lachte aber und griff nach etwas Schnee, um einen Ball daraus zu formen und den Wolf damit zu bewerfen. Wenn er spielen wollte, konnte er das gerne haben.

Doch noch bevor sie den Schneeball werfen konnte, sprang der Wolf sie an und warf sie zu Boden.

»He, das ist unfair!«, lachte Kaarina, während sie versuchte, ihn abzuwehren.

Plötzlich verwandelte er sich wieder in den Hauptmann der Albenarmee, welcher über ihr lag und sie festhielt. Mit seinen bernsteinfarbenen Wolfsaugen funkelte er sie an.

»Du solltest niemals einen Wolf herausfordern, Prinzessin«, warnte er sie mit einem leichten Knurren in der Stimme, was dafür sorgte, dass Kaarina ein wohliger Schauer über den Rücken lief. Ihr Herz raste und sie konnte kaum noch einen klaren Gedanken fassen, als er ihr noch näher kam. Sie konnte seinen warmen Atem an ihren Lippen spüren, schloss bereits die Augen, bereit für einen Kuss dieses Mannes.

Doch dann ertönte ein Schrei, der abrupt verstummte.

Kaarina und Zebe blickten in die Richtung, aus welcher der verzweifelte Laut gekommen war.

»Verwandle dich und laufe so schnell wie möglich zum Schloss zurück!«, wies Zebe Kaarina an, nun wieder voll und ganz der Heerführer.

Kaarina nickte und änderte ihre Gestalt in die eines Luchs, sobald Zebe sich erhoben hatte.

Doch weit kam sie nicht.

Sie wollte gerade loslaufen, als die Lichtung von schwarzem Rauch umringt wurde.

»Bleibe dicht hinter mir!«, wies Zebe sie nun an und zog sein Schwert. Kaarina kauerte sich hinter ihm zusammen und legte die Ohren an. Dieser Rauch bedeutete nichts Gutes, das war deutlich spürbar.

Plötzlich formte sich der Rauch und Gestalten wurden sichtbar. Sie waren tiefschwarz und hatten eine scheinbar menschliche Form. Doch es war weder ein Gesicht noch sonst etwas zu erkennen, sie waren nur schwarz.

»Schattenwesen in ihrer Schattengestalt«, flüsterte Zebe und Kaarina riss schockiert die Augen auf, ehe sie sich wieder in ihre Albengestalt verwandelte und sich zitternd an Zebe klammerte.

»Kämpfe nicht gegen sie! Lass uns versuchen, zu fliehen!«, flehte sie den Hauptmann an, der entschlossen sein Schwert hob.

»Ich werde sie ablenken, Kaarina. Du wirst bei der erstbesten Gelegenheit fliehen und zum Schloss laufen!«, befahl er.

»Aber ich kann doch nicht-«

»DU WIRST ZUM SCHLOSS FLIEHEN!«

Kaarina zuckte zusammen und sah ängstlich zu den sich nähernden Schattenwesen. Zebe würde keine Chance gegen sie haben, das wusste sie. Diese bösartigen Wesen verschlangen alles, was sich ihnen in den Weg stellte und ließen nichts weiter als einen Haufen Asche zurück. Da konnte sie ihn doch nicht hier allein lassen! Andererseits konnte sie aber ebenso wenig gegen diese Wesen ausrichten, wie er.

»Pass auf!«, rief Zebe plötzlich und warf Kaarina zu Boden. Sie schlug hart mit dem Kopf auf und war kurz benommen, aber als sie wieder klar denken konnte, sah sie, dass das Schattenwesen Zebe in seiner Gewalt hatte.

»Zebe!«

Kaarina war starr vor Schreck. Das Schattenwesen hatte seine Hand um Zebes Hals geschlungen und hielt ihn hoch, sodass Zebe keinen festen Boden unter den Füßen hatte.

»Kaarina, lauf! Lauf, solange er mit mir beschäftigt ist!«, brachte Zebe hervor, während langsam das Leben aus ihm wich.

»Nein, lass ihn los!«, schrie Kaarina, sprang nun auf und versuchte, Zebe aus dem Griff des Monsters zu befreien.

»Kaarina, nicht! Es ist zu spät für mich also lauf!«, ächzte der immer blasser werdende Alb.

Tränen rannen über Kaarinas Wangen.

»Ich lasse dich hier nicht zurück!«, schluchzte sie, rüttelte weiter verzweifelt am Arm des Monsters.

Doch das Schattenwesen schlug mit der freien Hand nach ihr und schleuderte sie gegen einen nahe stehendem Baum. Etwas knackte und Kaarina spürte einen schrecklichen Schmerz in der Brust. Vermutlich hatte sie sich eine Rippe gebrochen.

Aber das war ihr egal.

Sie sammelte all ihre Kräfte zusammen und kroch über die Lichtung.

»Du gibst wohl nicht auf!«, höhnte das Schattenwesen mit tiefer Stimme, ehe er Zebes leblosen Körper achtlos zu Boden warf und auf sie zukam.

»Weine nicht um ihn, du wirst gleich bei ihm sein«, versprach er ihr und schon spürte Kaarina eine unbeschreiblich kalte Hand, die sich um ihren Hals legte und ihre sämtliche Energie zu entziehen schien.

»Das reicht jetzt!«

Happy End

Kaarina fiel zu Boden, als irgendetwas das Schattenwesen traf und von ihr fortriss.

Als sie aufsah, erkannte sie ihren Bruder, welcher wütend auf das Monster hinabsah. Er hatte eine Hand gegen das Schattenwesen gerichtet und benutzt seine Gabe, um es hinter einem Käfig von Eis einzusperren.

Kaarina nutzte die Chance, um zu Zebe zu eilen.

»Zebe! Zebe, sag doch was!«, flehte sie verzweifelt, woraufhin der Heerführer schwach seine Augen öffnete.

»Weine nicht, Prinzessin. Das steht dir nicht«, flüsterte er, hob zitternd eine Hand und wischte ihr die nicht versiegenden Tränen fort.

»Wenn du nicht willst, dass ich weine, solltest du nicht sterben!«, antwortete Kaarina schniefend und legte eine Hand an seine kalte Wange.

Zebe lächelte schwach.

»Du wolltest wissen, warum ich dir zu den Menschen gefolgt bin. Ich folgte dir, weil ich dich beschützen wollte. Ich habe mich schon vor langer Zeit in dich verliebt, während ich dich aus dem Hintergrund und ohne dein Wissen beschützen sollte. Ich hatte Angst um dich, als du durch das Portal gingst. Außerdem war ich eifersüchtig, ich dachte, du hättest einen Liebhaber, der dort auf dich wartet«, flüsterte er.

Kaarina wusste nicht, was sie darauf antworten sollte. Sie sah ihn nur an und weinte.

»Stirb nicht!«, flüsterte sie schließlich, beugte sich zu ihm hinunter und legte ihre Lippen auf die seinen. Erst ein wenig zaghaft, dann etwas mutiger küsste sie ihn und Zebe erwiderte den Kuss scheinbar nur zu gerne.

Als Kaarina den Kuss wieder löste, lächelte sie ihn an.

»Wenn du stirbst, war dies der einzige Kuss. Überlebe, und es werden noch viele weitere folgen«, versprach sie ihm.

»Ihr solltet endlich von hier verschwinden!«, rief Aleksi ihnen etwas ungeduldig zu, während er das Schattenwesen einfror.

»Zebe ist zu schwach, er kann nicht laufen! Dieses Monster hat ihm seine Energie ausgesaugt! Und ich habe nicht genug Kraft, um ihn zu tragen!«, rief Kaarina ihrem Bruder zu, ehe sie wieder auf Zebe hinabsah und ihm liebevoll über die Wange streichelte. Wann hatte er sich nur in ihr Herz geschlichen?

»Die Soldaten werden gleich hier sein«, antwortete Aleksi und versiegelte den Eiskäfig, sodass das Schattenwesen nicht entkommen konnte.

Wie auf Kommando erschienen auch schon die ersten Soldaten.

Als sie ihren Hauptmann am Boden liegen sahen, kümmerten sie sich sofort um ihm und brachten ihn und Kaarina zurück zum Schloss, während die anderen Aleksi dabei halfen, das gefangene Schattenwesen zurück zum Portal zu bringen, um es aus diesem Reich zu verbannen.

Julfest

Am Abend waren alle in der großen Halle versammelt.

Kaarina saß in ihrem Festkleid an der langen Tafel direkt neben ihrem Bruder. Ganz so, wie es sich als Prinzessin gehörte.

An ihrer anderen Seite saß Zebe, der dank eines Heiltranks fast wieder vollständig bei Kräften war.

Überall in der Halle brannten Kerzen und erhellten alles, ließen die silbernen Teller, das silberne Besteck und Dekorationen aus Diamanten strahlen und funkeln.

Die Wände waren mit Tannenzweigen dekoriert, in welche bunte Bänder in den Farben des Jul geflochten waren und von der Decke hingen Mistelzweige, unter welchen sich schon das ein oder andere Paar geküsst hatte.

In der Mitte der Halle stand ein großer Julbock und um ihn herum lagen Geschenke für den späteren Julklapp, der traditionell abgehalten wurde. Jeder hatte ein Geschenk beigesteuert, auch sie und Aleksi.

Als Zebe nach Kaarinas Hand griff und ihr einen Kuss auf den Handrücken gab, wandte Kaarina sich ihm lächelnd zu.

»Du hast mir versprochen, wenn ich überlebe, würden noch mehr von diesen zauberhaften Küssen folgen«, sagte er grinsend.

Kaarina lachte.

»Du bist noch gar nicht wieder richtig bei Kräften!«, rügte sie ihn, beugte sich aber zu ihm und küsste ihn liebevoll.

Es fühlte sich wunderschön an, als er eine Hand in ihren Nacken legte und näher an sich heranzog, um sie besser küssen zu können.

»Könnt ihr nicht warten, bis das Fest vorbei ist?«

Kaarina löste den Kuss kichernd und drehte sich zu ihrem Bruder um, umarmte ihn und gab ihm einen Kuss auf die Wange.

»Sei doch froh, dass ich jetzt immer gut beschützt bin. Nun brauchen wir nur noch eine Frau für dich, damit du nicht immer so schlecht gelaunt bist!«, sagte sie grinsend, als sie auch schon Zebes Arme um ihre Mitte spürte und wie er sie an sich zog.

»Ich bin mir sicher, du wirst eine gute Frau für ihn finden. Dann musst du dir nicht mehr so viele Sorgen um ihn machen und hast mehr Zeit für mich!«, raunte Zebe an ihrem Ohr, woraufhin Aleksi mit den Augen rollte.

Kaarina lachte auf, ehe sie sich glücklich in Zebes starken Arme schmiegte, drehte den Kopf und gab ihrem Liebsten einen weiteren Kuss.

~Lilyana Ravenheart

Über die Autorin

Lilyana Ravenheart ist ein waschechtes Nordlicht aus dem schönen Schleswig Holstein. Schon immer hat sie sich für die verschiedensten Mythologien interessiert, sodass es nicht verwunderlich ist, dass diese auch in ihren Büchern vertreten sind.
Wenn Lilyana gerade nicht schreibt oder neue Bücher plant, verbringt sie ihre Freizeit am liebsten an der Ostsee. Oder, wenn das Wetter nicht gut ist, vor dem Fernseher mit ein paar guten Serien wie "Once upon a Time", "Game of Thrones" oder "Lucifer".

Bisher von Lilyana Ravenheart erschienen (Auswahl):

Titel: Mohnblütenträume
Preis: 2,99€ (ebook)
9,99€ (Taschenbuch)
Verlag: selfpublished bei BookRix
und Books on Demand
Seitenzahl: 200 Seiten

Klappentext:

Bastet und Morpheus, eine göttliche Liebe, die nicht sein darf. Zumindest, wenn es nach dem Rat der Götter geht. So beschließt Bastet letztendlich, sich zu opfern, um in einer Zeit wiedergeboren zu werden, in der sie und Morpheus glücklich sein können.

Mehrere tausend Jahre später kehrt sie zurück - als Mensch und ohne Erinnerungen an ihr göttliches Ich. Morpheus setzt alles daran, seine Liebste zurückzugewinnen, was allerdings nicht so einfach ist. Glücklicherweise steht ihm sein bester Freund Eros, der griechische Gott der Leidenschaft, zur Seite.

Doch dann taucht plötzlich eine unbekannte Macht auf, die hinter Morpheus und Bastets Kräften her ist und alles versucht, um die Reiche der Götter zu vernichten.

BONUSTEIL

SÍFS JULSCHINKEN

Oder:
Wie Síf ihrem Gatten ein Schnippchen schlug

Ein Rezept von Sarah Skitschak. Traditionell wird dieses Gericht am 21. Dezember von der Autorin in Anlehnung an das skandinavische Festessen selbst zubereitet. Im Kreise ihrer Unterstützer und ihres Teams wird es dann bei einer Julfeier gegessen. Das Gericht fand seinen Weg in das Weltentod-Universum und ist seither fester Bestandteil der Buchreihe.

Inklusive einer Kurzgeschichte von Sarah Skitschak.
Enthält Charaktere der Weltentod-Saga.

SÍFS JULSCHINKEN

SARAH SKITSCHAK

Ein altes Pergament liegt vor den Toren der Höll und niemand wird je mehr seinen Satzlaut erahnen. Kaum ein Ase kennt die Worte, die dort einst wohl standen; kein Mensch vermag es selbst, ein Wort noch zu lesen.

Der dichte Schneefall im Winter jener Asenlande hat die Tintenkringel fortgewaschen, sie in schwarze Tränenströme verwandelt und das Geheimnis der Síf vor den Augen der Wächter verborgen.

Nur ein Mann kennt noch das Rezept des uralten Zaubers.

Und Thor vertraute sich mir.

»Was brauch ich, um jenen Zauber zu hüten?«, fragst du dich sicher und fragst dich darin sicher recht, oh Wortwanderer.

Lass mich dir den Zauber des Julbords rasch zeigen, denn für dies Ritual benötigst du wahrlich nicht viel.

Der Schinken

Marinade für den Schinken

1-2kg gepökelter (oder gekochter) Schinken
1 Teller mit Paniermehl
2 Eigelb
1 EL Honig
2-3 TL Senf (mittelscharf)
150 ml Gemüsebrühe
Salz
Zimt

Kräuter für den Schinken

Oregano (getrocknet)
Kerbel (getrocknet)
Liebstöckel (getrocknet)
Rosmarin (zerkleinert und getrocknet)
Thymian (getrocknet)
Bohnenkraut (getrocknet)
Estragon (getrocknet)
Petersilie (getrocknet)
Lorbeerblätter

Falls diese Kräuter nicht vorhanden sind, kann Kerbel mit einer   Gewürzmischung wie »Kräuter der Provence« kombiniert werden. Je nach Geschmack gerne mit Salbei ergänzen.

Die Beilagen

Für das Apfelkompott

1kg Äpfel (süß)
300ml Wasser
1 EL Zitronensaft
2 EL Honig
Zimt

Alternativ kann auch Apfelkompott gekauft und mit Zimt abgeschmeckt werden.

Für die Zimtäpfel

2-3 Äpfel
1 TL Honig
Zimt

Für den Rotkohl

1-2kg Rotkohl
1 Zwiebel
1 Apfel
150g eingelegte Preiselbeeren
100-200ml Gemüsebrühe
50g Butter
2 EL Zucker
Lorbeerblätter
Essig

Alternativ kann Rotkohl im Glas gekauft und mit Preiselbeeren und Zimt abgeschmeckt werden.

Dazu wird empfohlen

Getrocknete Pflaumen
Preiselbeergelee
Salzbutter oder Schmalz
Softbröd oder Milchbrötchen
Glögg (eine Art Glühwein)
Met (Honigwein)
Fruchtpunsch

Wie Síf ihrem Gatten ein Schnippchen schlug

Oder:

Die Zubereitung

Es ist Julvortag und wir befinden uns im zentralen Mittelgang von Valhöll. Síf stiehlt sich gerade aus dem Schatten der Vorratskammer, hält ihr Diebesgut – einen gepökelten Schinken – in den Händen und beobachtet die Wachablösung, die sie sich für den Diebstahl zunutze gemacht hat.

Wie das Rattern eines Mühlrads erklangen die Schritte der Asensoldaten auf den hellhörigen Fluren der Odinsfeste. Die Wachposten vor den Vorratskammern der Höll wechselten in jenen Momenten die Schicht und eilten mit den klappernden Uniformen aus Gold über die Gänge, als hetzten sie zur Ablösung wie ein Lamm vor dem Wolf. Auf ihren Mienen prangte die Ernsthaftigkeit jener Sache und kaum einen der ihren scherte die fremdlands belächelte Nichtigkeit ihrer Pflicht.

Die größte Ehre der Krieger Valhölls? Sich am Vorabend Juls noch zu profilieren.

Und sei es auch, einen Strauchdieb beim Stehlen zu fangen.

Kichernd schlüpfte ich wie ein windiges Wiesel zwischen den güldenen Palastsäulen hindurch in die Schatten des Nebenganges, schleuderte meinen Rucksack mit Diebesgut auf die Schulter und beobachtete die wechselnden Posten im Lauf. Die inbrünstigen Stimmen intonierten die traditionellen Wachwechselworte, während die wachenden Goldköpfe ihre Helme absetzten und sie den nachfolgenden Männern darreichten. Wie Marionetten wanden sich Asenmänner umeinander, salutierten und tauschten letztlich die Plätze.

Was war bloß aus den stolzen Kriegern geworden?

Der Codex hatte ihre Sinne vernebelt.

Ich gedachte der edlen Regeln meines Volkes und schmunzelte ob der Torheit im sturen Befolgen der Worte. Meine Schritte trugen mich frohen Mutes voran – in weisem Wissen und auch in Gewissheit, man würde nicht bei der Angst um das eigene Leben wagen, einer Gattin des Königssohnes einen dreisten Diebstahl anzulasten.

Nein, nein, wir Blaublüter, wir stahlen doch nicht!

Zudem war es doch unser Besitz, den ich trug!

Einen der gepökelten Schinken aus der Vorratskammer Valhölls ohne vorherige Absprache und Fürbitte zu entnehmen, mochte sich für eine Königstochter nicht schicken … doch als verboten galt es wahrlich nicht. All das eherne Gold der Höll war im Besitz der Familie und niemand scherte sich um Schnaps, Schinken oder Met, der verschwand. Womöglich machten Gerüchte die Runde, wurden von den Lästermäulern der Köchinnen weitergetragen und schließlich von den Waschweibern am Höllfluss belächelt. Niemand aber erhob Anklage vor den Augen des Königs.

Es wäre ein Infragestellen des Codex und nicht zuletzt seiner Macht als Allvater des Volkes gewesen.

Und mein Volk liebt nun einmal den Allvater sehr.

In Gedankenbildern sah ich Allvaters unehelichen Sohn vor inneren Augen, der wohl als einziger Mann von meinem Frevel erfahren und mich ohne Frage rügen würde … doch war ich selbst ein Tor und indessen in jenen Toren verliebt, dessen Rüge mir zumeist einer Belohnung gleichkam. Thor Odinsson war ein guter Gatte – und mochten mich auch manche Frauen um sein Wesen bedauern, sowie sie um seine Gestalt in Neid erblassten … so liebte ich den Königssohn mit jeder Faser meines Körpers.

Sein goldenes Haar umwallte sein Haupt wie die Mähne der Löwen, seine Körpergröße übertraf die des Allvaters noch und seine asengrünen Augen – die goldenen Sprenkel darin – ließen mich nach all den Jahren unruhig von ihm träumen.

Thor Odinsson war mein. Jahrtausende war er mein. Und ich wusste: Er würde sich selbst amüsieren.

Nun mochte manch einer meine mangelnde Körpergröße als Argument meiner unzureichenden Wertschätzung bei öffentlichen Anlässen betiteln – viele Fasern besaß mein Körper ja nicht – aber im Geheimen amüsierten wir uns beide nach den Schandtaten und mokierten uns über den asischen Hof. Die Aufrichtigkeit in den Herzen erschien mir stets stärker als die aufgesetzten Gesichter und Goldkopfgeschichten.

Auch Thor verabscheute die Regeln des Codex.

Im Gegensatz zu mir pflegte er bloß zu schweigen.

»Síf! Weshalb schleichst du erneut auf den Gängen? Du wirst doch nicht …«, so ertönte eine Stimme aus dem Dunkel des Ganges und brach sich schließlich an der eigenen Vermutung.

Thor!

Der Klang jener Stimmfarbe verband sich unwillkürlich wie durch Zauberhand mit dem Gesicht jenes Asenmannes, dem ich vor wenigen Sekunden in Gedankenbildern gefrönt hatte. Die Maske der Dunkelheit löste sich rasch, enthüllte die Gestalt eines breitschultrigen Kriegers und gab schließlich den Blick auf sein Antlitz preis.

Seine Stirn runzelte sich in zahlreiche Fältchen, während die Augenbrauen seiner Empörung Ausdruck verliehen und dem Asen ein seltsames Alter anlasteten. Die Bärenhände fassten mich an den Schultern und drängten mich an die goldene Wand jenes Flurs.

»Hast du wieder den Schinken gestohlen?«, zischte Thor mir flüsternd entgegen. »Bist du von Sinnen? Vor aller Augen?!«

Sein Blick wanderte gehetzt durch die nahen Flure, suchte neugierige Lauscher und fand ja doch keine.

»Geliebter Gatte, ich würde meinen Schinken auch ohne Augen entwenden, doch leider haben selbst die Wände der Höll Augen und Ohren«, scherzte ich. »Das Stiefschwiegermonster trifft nur allzu gern Vorkehrungen.«

»Frigg ist kein Monster«, knurrte man mir entgegen.

Doch in den Augen des Asen glich der aufblitzende Spott einem nahezu unübersehbaren Warnhinweisschild, auf die eigene Stiefmutter im Zweifel und Notfall nicht eine mickrige Erbse zu verwetten. Als unehelicher Sohn galt Thor vor ihr nichts und wurde gemeinhin in seiner tollpatschigen Art durch die Dame belächelt. So manches Mal war mir in offiziellen Angelegenheiten doch sehr, als müsste man die Gattin des Königs bloß sehen, um in ihrem Giftspeichel und ewigen Qualen zu siechen.

»Na, ein wenig vielleicht«, gestand man mir zu. »Doch du, liebste Gattin, bist mir selbst kein Unschuldslamm, wie mir scheint. Was finden deine fremdartigen Freunde bloß an diesem Schinken und weshalb musstest du dir eine plattfüßige Eisriesin wählen?«

»Zunächst einmal«, zischte ich zwischen zusammengepressten Zähnen, »ist Skadi weder plattfüßig – noch besitzt ihr Volk im Allgemeinen platte Füße. Das sind Kindergeschichten der Waschweiber Valhölls, die allein ihre Herkunft verteufeln und dir einen Floh ins Ohr setzen wollen, guter Gatte. Zum anderen sind meine Freunde nicht fremdartig, bloß weil sie aus fremden Gefilden stammen … und drittens: Mein Schinken ist der beste Julschinken, der jemals von einer Asin zubereitet wurde!«

Thor gluckste und vollführte eine äußerst befremdliche Geste mit der Schulterpartie – ein fehlgeschlagener Versuch, erstere Handlung mit Ablenkung zu überdecken und somit seine Würde vor mir zu wahren. In seinen Augen blitzte jedoch der Schalk seiner irrtümlich verdrehten Ansicht, ich wäre ein zuckersüßes Wesen von gutem Benehmen oder gar eine stets dem Gatten unterlegene Frau mit vortrefflichem Humor.

Ich war weder zuckersüß noch besaß ich Anstand.

Humor hatte ich keinen.

Mein Absatz bohrte sich hart in den Soldatenfuß, während mein guter Gatte einen merkwürdigen Hüpfer vollführte.

»Du bist lebensmüde!«, knurrte der Mann mit verzogener Miene und blickte auf unser beider Füße hernieder, ehe er seine kleinwüchsige Gattin in luftige Höhen erhob und mir auf einer Ebene bös in die Augen blickte. »Ich liebe es, wenn du aufmuckst.«

Als hätten seine Worte eine unsichtbare Barriere zwischen unseren Körpern durchbrochen, verzogen sich unsere Mundwinkel zeitgleich zu einem Lächeln und ließen Krähenfüßchen um unser beider Augen tanzen. Thor setzte mich behutsam wieder auf den Boden, beugte sich auf meine Höhe hinunter und küsste mich, als wären ihm niemals mehr Küsse vergönnt.

»Also schön, dann erkläre du mir doch einmal, weshalb dein Schinkenrezept besser als das des Stiefschwiegermonsters sein sollte.«

»Zunächst einmal beginnt die Zubereitung meines göttlichen Schinkens bereits am frühen Vorabend des Fests«, begann ich meine Ausführungen für den Asenmann rasch und erhoffte mir, meinem Gatten ein Schnippchen zu schlagen.

Vergessen sollte meine kleine Schandtat sein; gänzlich vergessen durch die spannende Verlockung eines ihm bisher unbekannten Zauberrezepts – denn so hatte ich den Schinken angepriesen, als er sich mit mir auf unser Bett begeben und genüsslich die beschuhten Füße ans Ende gereckt hatte.

»Am Vorabend koche ich Rotkohl und Apfelkompott. Meist beginne ich damit, die Äpfel zu schälen, zu teilen und zu entkernen. Ich suche mir eine große Schüssel mit Wasser und gebe etwas Zitronensaft hinein.«

»Moment, Moment!«, unterbrach mich der Ase. »Woher soll ich denn wissen, wie viel ich von all dem benötige?«

In der Tat hatte ich ihm keine Menge genannt, probierte ohnehin mehr schlecht als recht in den Verhältnissen und wich jedes Jahr ein wenig mehr vom gewiesenen Pfad – aber … ich besaß noch dies kleine Pergamentpapier in den Falten meiner Gewandung, auf dem ich mit längst vergilbter Tinte die grobe Menge ablesen konnte. Seufzend nestelten meine Finger in den Tiefen meiner Taschen, suchten und suchten, fanden es letztlich und reichten dem Odinsson mein einziges Schriftstück darüber.

»Aha!«, machte er bloß. »Deine Klaue ist furchtbar, Weib.«

»Jedenfalls gebe ich etwas Zitronensaft zu dem Wasser, füge etwas Zucker hinzu und koche meine Äpfel darin zu einem Viertel der Stunde. Dadurch werden sie schön weich, behalten teilweise die Form – und teilweise stampfe ich ein bisschen mit einem Holzlöffel in der Mischung herum, wenn ich das Kompott mit Zimt abschmecke. Im

Anschluss muss er nur noch auskühlen. Dieser Teil ist ganz einfach, mein guter Gatte.

Nun aber wird es schon komplizierter, denn ich beginne damit, das Rotkraut zuzubereiten. Ich nehme einen großen Rotkohl, entferne den Strunk und schneide ihn in ganz feine Streifen. Ich gebe etwas Salz, ein bisschen Essig und Lorbeerblätter hinzu, mische gut durch und lege mich anschließend in mein warmes Bettchen.

Am Julmorgen stehe ich dann ganz früh auf, würfle eine Zwiebel und brate sie schön in zerlassener Butter. Dann gebe ich Zucker und Preiselbeeren hinzu, lasse die Mischung ein wenig köcheln und lösche dann mit Brühe ab. Dann erst darf der Rotkohl in meinem Topf baden gehen und schmort sogar eine ganze Stunde in diesem Gemisch.

Währenddessen beginne ich mit dem Hauptteil des Gerichts. Der Julschinken macht sich schließlich nicht von alleine. Ich schnitze die Schwarte des Schinkens ein – meistens mache ich ein hübsches Rautenmuster, aber nach Ästhetik steht dir ja nicht der Sinn, mein lieber Herr Odinsson.

Ich fülle Brühe in einen Topf, gebe Kräuter hinzu und koche den Schinken darin für eine halbe Stunde – manchmal auch eine ganze. Je nach Form und Größe erfordert das ein wenig Fingerspitzengefühl. Währenddessen mache ich mich an die Zubereitung der Kruste. Ich verquirle Eigelb, Senf und Honig miteinander, füge noch einmal dieselben Kräuter hinzu – mit dem Unterschied, dass ich jetzt auch Zimt mit hinzugebe. Diese Mischung schmecke ich dann mit Honig und Senf weiter ab, bis sie mir zusagt.

Auf einem großen Teller vermenge ich das Paniermehl mit einer guten Menge Salz, sodass ich beim Kosten das Salz auch schmecke. Dann bepinsle ich den Schinken großzügig von allen Seiten mit meiner Eigelbmischung und streue das Salz-Paniermehlgemisch darüber, bis es sich schön mit Schinken und Eigelb verklebt. Dann wandert der Schinken bei 200°C in den Ofen, bis die Kruste sich goldbraun verfärbt.

Während der Schinken noch im Ofen ist, beginne ich mit der Vorbereitung des Tisches. Ich fülle das Rotkraut in eine Schüssel und lege Apfelscheiben darauf, die ich mit Honig bestreiche und anschließend mit Zimt bepudere. Das Apfelkompott fülle ich in kleine Gläser, garniere auch sie mit einer Zimtapfelscheibe und bepudere die Oberfläche. Jeder Gast bekommt dann eines der hübschen Einweckgläser vor seinen Teller.

Ich koche Glögg und Met auf, fülle die heißen Getränke in Tonbecher und stelle sie ebenfalls den Gästen nach Wunsch zur Verfügung. Für die jüngeren Gäste koche ich einen Früchtepunsch.

Mein Schinken ist fertig und wandert aus dem Ofen auf eine Servierplatte, auf der ich kleine Portionen Preiselbeergelee und Trockenpflaumen platziert habe. So kann sich jeder meiner Gäste nach Wahl an der süßen Beilage bedienen.

In die Mitte des Tisches stelle ich noch ein helles, weiches Brot, das viele gern mit Salzbutter bestreichen und mit dem Preiselbeergelee essen. Den heißen Schinken essen wir dann mit kaltem Rotkraut und Apfelkompott – du glaubst ja gar nicht, wie gut süß und salzig zusammen schmecken!«

Der Asenmann legte den Kopf in den Nacken und schien eine Weile lang in Gedanken versunken, während er da so die Decke des Zimmers betrachtete und die Stirn bei der Vorstellung dieser neuen Geschmackskombination runzelte. Besonders zu behagen schienen jene Gedanken wohl kaum, denn seine Lippen kräuselten sich, als hätte er eine Handvoll Erde gegessen.

»Ihr esst Schinken mit Apfelkompott … gleichzeitig …?«, fragte er dann.

»Nicht nur gleichzeitig – miteinander, Thor.«

Der Odinsson wippte unruhig mit den Füßen, fuhr dann wie vom Hafer gestochen in die Höhe und blickte mich mit blitzenden Augen an, als wäre über ihn soeben eine jahrhundertealte Erkenntnis gekommen. Der Sinn des Lebens oder dergleichen. Der Sinn des Lebens in Form von Apfelkompott.

»Ist das jener faule Zauber, von dem du mir erzähltest?«, lautete die Frage des Asen vollkommen ernst. »Die geheime Zutat? Der Fluch, der sie bindet? Welche Worte muss ich sprechen, um den Zauber zu lösen und welche sind nötig, ihn auszuführen?«

Die Ernsthaftigkeit seines Mienenspiels ließ in mir unwillkürlich den Drang zu lachen erwachen … doch noch hegte ich mein Geheimnis wie ein zartes Pflänzchen und gedachte ja nicht, ihm den wahren Bund hinter den gemeinsamen Abenden in Thrymheim zu verraten. Mein guter Gatte hätte ohnehin nicht verstanden … dass das, was uns band, … die Freundschaft war.

Ich ließ meine Hand kaum merklich über die stoppeligen Wangen gleiten und beantwortete seine Fragen mit einem langen Kuss.

»Sag schon Weib, was ist nun der Zauber daran?«, knurrte er.

Ich zwinkerte.

»Das findest du heraus, wenn du ihn dann versuchst.«

Es ist Julvortag und Síf wirft sich ihr Diebesgut – einen gepökelten Schinken in einem Rucksack – über die Schulter. Sie gibt ihrem Gatten einen letzten Kuss, entwendet die Zutatenliste als Beweis für den Frevel geschickt seinen Händen und macht sich auf den Weg nach Thrymheim.

Sie ahnt nicht, dass ihr auf den Stufen zur Höll ein kleines Pergament aus der Tasche fallen wird.

Ein altes Pergament liegt vor den Toren der Höll und niemand wird je mehr seinen Satzlaut erahnen. Kaum ein Ase kennt die Worte, die dort einst wohl standen; kein Mensch vermag es selbst, ein Wort noch zu lesen.

Der dichte Schneefall im Winter jener Asenlande hat die Tintenkringel fortgewaschen, sie in schwarze Tränenströme verwandelt und das Geheimnis der Síf vor den Augen der Wächter verborgen.

Nur ein Mann kennt noch das Rezept des uralten Zaubers.

Thor vertraute sich mir.

Und ich vertraue es dir.

~Sarah Skitschak

ZWISCHEN JUL UND
WEIHNACHTEN

Ein informativer Text von Helena Faye über die Wurzeln
des Weihnachtsfestes und heidnische Tradition.

ZWISCHEN JUL UND WEIHNACHTEN

HELENA FAYE

In den kalten Wintermonaten …

… während der kürzesten Tage …

… und längsten Nächte …

… als die Sonne über der nördlichen Halbkugel zur Seltenheit wurde …

... waren die Menschen der rauen Witterung schutzlos ausgeliefert und auf die Ernteerträge des Sommers angewiesen.

Und über der meterdicken Schneedecke, unter den kahlen, knorrigen Ästen, die sich im eisigen Wind wiegten wie Fackeln im Sturm ...

... lag der Zauber von Jul.

An der Grenze der Zeit - zwischen nordischer Vergangenheit und dem Heute – existiert ein Spiegel, der verborgen im Nebel der Erinnerungen die Rituale zur Wintersonnenwende mit den Bräuchen des Weihnachtsfestes verbindet.

Ein Spiegel, der entstand, als die Christen die Geburt des Gottessohnes auf das Datum von Jul verlegten, um den Heiden ihren Glauben näher zu bringen. Ein Spiegel, der uns die Parallelen der beiden Feste näher bringt, ihre Gemeinsamkeiten verdeutlicht und den Ursprung von Weihnachten erläutert.

Einst waren die Menschen des Nordens sehr naturverbunden und verehrten die Baum- und Pflanzenwelt. Mancherorts nutzte man Tannenzweige, die in die dunklen Ecken des Hauses gelegt wurden, um böse Geister zu vertreiben, oder schmückte Bäume mit Opfertieren.

Meist waren dies entweder Eichen, die in ihrem Glauben das Tor zur anderen Welt – dem Reich der Feen und Elfen - waren, oder Eschen, welche als Abbild von Yggdrasil – dem Baum des Lebens – galten.

Die Farben, die man mit Jul in Verbindung bringt, finden auch in der heutigen adventlichen Dekoration noch großen Anklang und vermitteln eine weihnachtliche Atmosphäre.

So stand das Grün der Bäume und Tannenzweige für Leben und Fruchtbarkeit, weiß für den Schnee, während das Gold die Sonnenstrahlen symbolisierte.

Die Bäume wurden häufig mit toten Opfertieren geschmückt, deren Blut sich in der Farbe rot widerspiegelt, die heute für Baumschmuck und Christbaumkugeln verwendet wird.

Gerade im amerikanischen Raum gibt es einige Parallelen zu Julbräuchen – wie der Brauch des Kleiderschenkens, der durch Stiefel und Socken am Kamin übernommen wurde.

Die acht Rentiere, die den Schlitten des Weihnachtsmannes durch die Luft ziehen, lassen sich auf die acht Beine von Odins Streitross Sleipnir zurückführen, auf dem der Göttervater in der Julnacht über den Himmel jagte. Ebenso der lange weiße Bart lässt Rückschlüsse auf Odin selbst zu.

Die wichtigsten Rituale waren aber jene, die sich auf die wiederkehrende Sonne bezogen.

Schon damals wurden Kerzen auf Lichtkränzen – ähnlich unseren Adventskränzen – entzündet, mit dem Unterschied, dass zuerst alle gleichzeitig brannten. Nach und nach löschte man die Flammen, um die zunehmende Dunkelheit zu betonen. An Jul wurden dann alle Kerzen erneut entflammt oder man warf den Kranz in das Julfeuer, mit dem man die Rückkehr des Lichts gebührend feierte.

Der Spiegel der Zeit gewährt uns einen Blick auf die Vergangenheit. Ein magisches Fenster, das Aufschluss über fast vergessene Traditionen gibt. Und wenn man genau hinsieht, die wabernden Nebel beiseite schiebt, gibt er das wohl bedeutendste Ritual des Julfestes preis …

Heiße, orangerote Flammen züngeln über das trockene, knisternde Holz des Eichenstammes, leckt besitzergreifend über die feine Maserung, während die dünnen Äste, die um den Block aufgeschichtet sind, der beißenden Hitze knackend zu trotzen versuchen.

Rotglühende Funken fliegen behände tänzelnd gen Himmel und verlieren sich in der eisigen Nachtluft.

Murmelnde Gebete vermischen sich mit dem Gesang der Scheite und dem Tanz des Feuers, erheben sich über die Köpfe aller Umstehenden und steigen empor zu dem sternenfunkelnden Firmament. Sie huldigen den Göttern, flehen um ein ertragreiches Jahr, das ihr Überleben sichern wird.

Die Anwesenden halten mitgebrachte Kerzen an die flackernden Feuerzungen, welche sogleich auf die dargebotenen Dochte überspringen. In einer Ehrfurcht gebietenden Prozession werden die Flammen mit Händen gegen den kalten Nordwind geschützt und zu den Häusern getragen, die dunkel und verlassen daliegen. Die Ableger des Julfeuers entzünden alle Feuerstellen im Haus, bringen so symbolisch das Licht zurück und segnen das Heim für ein neues Sonnenjahr.

An der Grenze der Zeit, zwischen vergangenen Tagen und heute, liegt ein Spiegel verborgen im Nebel und erinnert uns an vergangene Zeiten, damit wir nicht vergessen.

~Helena Faye

DIE TROLLFAMILIE

Ein informativer Text von Skadi Lange über die Trollfamilie und ihre Julkatze.

DIE TROLLFAMILIE

SKADI LANGE

In den isländischen Sagen spricht man von einer Trollfamilie, die über das Jahr hinweg in einer Höhle tief in den Bergen eingesperrt ist und bloß im Winter die Möglichkeit besitzt, in die Welt hinauszukommen. Von ihr gibt es Kinderschauergeschichten, die die Feiertage rund um Jul für die Isländer so aufreibend machen.

Die Familie besteht aus der Mutter Grýla – sie soll eine echte Rabenmutter sein, hat immer schlechte Laune und kocht ganz schrecklich – ihrem Mann Leppaludi – ein fauler Zeitgenosse – ihren dreizehn Söhnen und der Riesenkatze Jólakötturinn, die das Haustier von Grýla ist.

Im Dezember lässt Grýla ihre Söhne hinaus. Doch keiner von ihnen darf mit einem seiner Brüder losziehen, sondern jeder muss alleine ins Hochland kommen, wo die Menschen leben. Und so geht jeden Tag ein weiterer von ihnen hinaus. Ab dem 25. Dezember kehren die Söhne wieder zurück zu der Höhle in den Bergen, bis jeder bis zum 6. Januar schließlich wieder sein Jahr – mit einer Pause von dreizehn Tagen – in den Bergen verbringen muss. Nach ihnen kommt die Katze Jólakötturinn heraus, die ihre Schrecken unter die Menschen bringt.

Die dreizehn Söhne sind die Weihnachtsgesellen Jólasveinar und treiben ihre Späße mit den Bewohnern der Häuser. Sie verbreiten unter ihnen ihr Unheil, stehlen das leckere Essen oder machen in der Nacht Lärm.

Am 13. Dezember kommt der erste Sohn, Strekkjastaur, hinunter und bleibt dreizehn Tage lang. Er ist hager, schleicht sich in den Stall und trinkt die Milch der Mutterschafe. Ihm folgt der zweite Sohn, Giljagur. Er kommt am 14. Dezember. Um seinem Bruder nicht in die Quere zu kommen, geht er in die Ställe der Kühe, um dort den Milchschaum zu schlürfen. Der Dritte im Bund ist Stúfur, der Kleine unter seinen Brüdern, der an den Resten in den Pfannen nascht. Das Geschirr der Isländer wird vom Bruder Þvörusleikir weggeschnappt. Der Fünfte, der Pottaskefill, leckt die Töpfe leer und am 17. Dezember stiehlt Askarleikir die Essnäpfe. Aber nicht nur am Essen wird herumgepfuscht. Hurðaskellir schlägt die Türen zu, um mit dem Lärm die Leute zu ärgern. Skyrgámer labt sich ganz besonders gerne am isländischen Magermilchquak Skyr. Und je näher Jul rückt, desto mehr Brüder treiben sich herum. Am 20. Dezember kommt Bjúgnakrækir und stibitzt die Würste. Gluggagægir ist wohl der harmloseste von ihnen – wie man dies zumindest sehen mag – er späht durch die Fenster in die warmen Stuben. Sein Bruder Gáttaþefur schaut mit langer Nase durch die Tür. Am vorletzten Tag, am 23. Dezember, kommt der letzte der dreizehn Brüder, nämlich Kertasnikir. Er hat es auf die Talgkerzen abgesehen, die er sich klammheimlich stiehlt.

Grýlas Hauskatze Jólakötturinn hingegen kommt nach dem Julfest zu den Menschen in Island. Nachdem die Weihnachtsgesellen ihre Tage mit Stehlen und Schabernack verbracht haben, kehren sie nacheinander wieder zu ihren Eltern in die Berge zurück.

Niemand weiß so ganz, ob die Julkatze nun ein Geist oder ein Dämon ist, man kann nur sagen, dass sie groß, fast schon riesig und schwarz ist. Sie ist nicht hübsch anzusehen, ihr schwarzer Pelz ist verfilzt und voller Dreck. Mit ihren feurig roten Augen schleicht sie in der Dunkelheit um die Häuser herum.

Faule Kinder und Erwachsene, die nicht im Herbst ihre Schafe schoren, um deren Wolle in Klamotten einzuarbeiten – in Island ist diese Arbeit lebensnotwendig, denn der Winter ist kalt und hart – sind ihr Beuteschema.

Jólakötturinn hat fast immer schlecht Laune und in der Dunkelheit sucht sie nach Menschen, um diese in der Nacht zu überfallen und aufzufressen.

Doch manchmal hat sie keine schlechte Laune und bedient sich bloß am Essen der Isländer, worauf man sich allerdings nicht verlassen sollte.

Grýla macht zu Jul immer eine Suppe, in der sie sehr gerne auch das Fleisch der faulen, von Jólakötturinn gefangenen Menschen verarbeitet. Diese Suppe wird dann

von der Trollfamilie über den Rest des Jahres in der
Dunkelheit der Höhle verspeist.

~*Skadi Lange*

JUL(KLAPP)

Ein informativer Text von Lilyana Ravenheart über die Traditionen des Julfests.

JUL(KLAPP)

LILYANA RAVENHEART

Wann und warum wird das Julfest gefeiert?

Das Julfest wird bei den Skandinaviern am 21. oder 22. Dezember gefeiert, also am Tag der Mittwinternacht.

Dies ist der kürzeste Tag des Jahres und die Menschen feiern die Wiedergeburt des Lichtes. Die dunkle Jahreszeit neigt sich dem Ende zu, die Tage werden wieder länger und der Frühling naht.

Wann genau das Fest entstanden ist, ist nicht bekannt, aber sehr viele Bräuche von früher werden bis heute noch übernommen, wie z.B. der Julbock, der Julklapp und anderes. Geschmückt wird alles in den Farben des Jul, rot, grün und gold.

Das Rot steht für die Liebe und das Leben von Mensch und Tier. Das Gold symbolisiert das Wiedererwachen der Sonne und das Grün steht für die Fruchtbarkeit der Natur.

Früher wurde das Julfest zu Ehren Odins, dem Allvater, abgehalten. Später dann verschmolz das Fest jedoch mit dem christlichen Weihnachtsfest.

Julklapp/Wichteln

Diesen Brauch kennen sicher viele, denn Juklapp, oder auch "Wichteln", wird oft auch in Schulen, sozialen Medien oder anderen Gemeinschaften veranstaltet.

Eine Gruppe findet sich zusammen, es wird ausgelost, wer wen beschenkt und am Tag des Julklapps werden dann die kleinen Geschenke ausgetauscht.

Der Juklapp kann aber auch ein wenig anders verlaufen, es gibt mehrere verschiedene Varianten, hier die Bekanntesten:

Schrottwichteln

Hier wird nichts Neues gekauft. Man verschenkt etwas, was man selbst nicht mehr benötigt, also sogenannten Schrott.

Mottowichteln

Hier wird ein bestimmtes Thema festgelegt, z.B. Katzen. Dann besorgt jeder für seinen Wichtelpartner ein Geschenk, das zu diesem Thema passt.

Würfelwichteln

Hier hat man keinen Wichtelpartner. Man kauft ein Geschenk, das zu jedem passen könnte. Anschließend setzt man sich zusammen und würfelt. Wer dann eine zuvor ausgemachte Zahl würfelt, zum Beispiel die Vier, darf sich eines der Geschenke aussuchen.

Warum eigentlich "Wichteln"?

Wichtel sind die guten Geister in Skandinavien, die es lieben, gute Taten zu vollbringen. Früher hat man seinen Freunden und der Familie heimlich kleine Geschenke zur Vorjulzeit zugesteckt, also wie ein Wichtel gute Taten vollbracht und anderen eine Freude bereitet.

~Lilyana Ravenheart

Wir wünschen allen Lesern ein schönes Julfest, frohe Weihnachten und ein lichtvolles Jahr!
Möge Balder euren Weg erhellen.

Die Autoren

Sarah Skitschak
Helena Faye
Skadi Lange
und
Lilyana Ravenheart

FSC
www.fsc.org

MIX

Papier aus ver-
antwortungsvollen
Quellen
Paper from
responsible sources

FSC® C105338